凡人転生の努力無双
～赤ちゃんの頃から努力してたら
いつのまにか日本の未来を背負ってました～
An Epic of a Mediocrity Reincarnated and Striving
シクラメン
イラスト：夕薙
JN034406

凡人転生の努力無双
An Epic of a Mediocrity Reincarnated and Striving.

シクラメン
イラスト：夕薙
凡人転生の努力無双
An Epic of a Mediocrity Reincarnated and Striving
～赤ちゃんの頃から努力してたら
いつのまにか日本の未来を背負ってました～

序章　凡人転生

俺の人生を一言で表すのであれば、つまらないスタンプラリーだと思う。

金持ちの家に生まれたわけでも、かといって食うに困るような貧困家庭に生まれたわけでもない。どこにでもあるような普通の家に生まれて、どこに出しても恥ずかしくないほどに普通の人間として人生を歩んできた。

小、中、高校と進み、奨学金を借りて大学に進学。就職活動は少し手間取ったものの、大学生のときに一人暮らしをしていた物件から歩いて十分という近場の印刷会社に就職した。

そこからは同じ生活を繰り返す代わり映えのしない毎日。

平日は会社まで歩いて通って、土日は家で寝るかＹｏｕＴｕｂｅを見て時間を過ごす。普段良く見ているＶｔｕｂｅｒの配信を流しながらソシャゲをしていると、気がつけば休みも終わっている。

人に言えるような趣味らしい趣味があるわけじゃない。

配信を見たり、ソシャゲをしたりはする。けど、金が無いから投げ銭も課金もしたことがない。だから、それを趣味と呼ぶのは少し違うんじゃないかと思ってしまう。

人生に何か大きな変化があるわけでもなく、自分からイベントに飛び込むなんてこともない。だから俺の人生は同じ形のスタンプを毎日毎日押し続けるだけの、つまらないスタンプラリーなのだ。

「あー。彼女ほし〜」

大して欲しいと思ってないけど、少しだけでも人生のメリハリである『焦っている感』を出すためだけにそう呟いた。

本当に口先だけのものだ。

出会いのある場所に自分から足を運んだりはしたくないし、外に出る趣味を作ってそこで出会いを増やしたいとは思わない。変に挑戦して失敗するのは嫌だし、日常という枠の外に出たいなんて思わない。

結局のところ、俺はこの代わり映えのしない毎日を愛しているのだ。

「飯、買わなきゃな」

スマホから視線を外して窓の外を見ると、夕暮れの日差しがちょうど差し込んでいた。

自炊なんて面倒なことはしない。男の一人暮らしで、彼女もいなければ金のかかる趣味もないので、毎食コンビニで済ませている。

コンビニ飯は何も考えなくて良いから楽だ。

買うものはいつも決まっている。五百五十円のラーメンと、形だけでも健康に気を使おうと思って合わせて買う野菜ジュースのセット。

鍵とスマホだけ持ってから部屋を出ると、きれいな夕焼けが向かいのマンションに反射して俺の目をさした。

「……なんもねぇな、俺の人生」

目を細めながら、そんなことを呟いてみる。

何もないのは自分がそういう人生を望んでいるからで、それを良いと思っているからだ。

だから俺は、心の底から自分の人生に満足しているはずで、

「やめやめ。そんなこと考えたって意味ねぇわ」

俺は首を横に振ってから、自分の考えを打ち消す。

ポケットに入れたスマホを取り出しながら、自分の奇行が誰かに見られていないかと思い周囲を見て……誰もいないことに、ほっと安堵の息を吐き出した。

そう、意味など無い。もし本当に自分の人生に満足してないと分かったとして、俺は今の生活を変えるだろうか？

いや、絶対に変えるはずがない。このぬるま湯のような代わり映えのしない生活から抜け出す方がよっぽど苦痛なんだから。

「……寒」

もう冬も近づいてきたからだろうか。日曜の夕方なのに誰(だれ)も歩いていなくて、少しの不気味さを覚える。でも、まだ日が出ているからそこまで怖(こわ)がる必要もないと思って、ＳＮＳでも開こうかと思ったその時だった。

目の前に、不気味な男が立っていた。

『はっ、はっ……』

こんな寒いのにタンクトップ一枚しか着てなくて、ガリガリの身体(からだ)は枯(か)れ木を思わせるほどに細い。そんな不健康極(きわ)まりない男は激しく運動した後のように肩(かた)で息をしながら、魚みたいな大きな目で俺をじぃっと見ていた。

……んだよ、気味悪ぃな。

無関係だと言わんばかりにスマホに俺は視線を落とす。

こういうやつには関わらないのが一番だと、そう思って男を無視しようとしたのが……それが悪手だった。

『……はぁっ！』

不気味な男の、不気味な吐息(といき)。

それが俺の耳に届いた瞬間(しゅんかん)、目の前に男の頭があって、遅(おく)れて胸に何かが突(つ)き刺(さ)さった。

「あぐ……っ」

声を出そうと思ったのに、口をついたのは変な音。

それが自分の声だと気がつくのと、俺が地面に倒れるのは同時だった。

『……おまっ、お前だろ！　朝から晩までセール中なのは！　人間一突き五十円。二回刺したら命の重み！』

男の声がガンガンと頭の中で反響する。

何を言っているのかさっぱり分からない。分かるはずもない。

痛みが俺の脳みそを焼く。溶けた鉄でも入れられてるんじゃないかと思うくらいに胸が熱い。

痛くて痛くて何も考えられない。なのに男はぎゃあぎゃあと騒ぎ立てて、何度も何度も何度も刺してくる。

呼吸ができない。やり方を思い出せない。吸うのか、吐くのか、何も分からない。

目が回る。視界が黒くなっていく。胸からやけに温かいものが流れて、寒さが増す。

死ぬ。

「……しに、たく……ない」

死にたくない。

死にたくなんてない。

死にたくないのに、身体からは血が止まらない。

「…………いやだ」

そして、俺の意識は途絶えた。

目を覚ますと、そこには木の天井が広がっていた。

鼻先が冷えきっているのに、身体は毛布の中にあるのか、温かい。

ここは病院……だろうか？　誰かが救急車を呼んでくれた？　いや、違うか。病院だったら木の天井にはならないか……。

だったら、どこだここ？　さっきの男はどうなったんだ？　というか、怪我は？

いろんな疑問が湧いてきて、頭の中が『?』で埋まっていく。

とりあえず怪我の様子だけでも見ようかと思って上半身を起こそうとして、

「あぇ」

身体が、持ち上がらなかった。

頭が重すぎて上がらないのだ。しかも喉から出た声は今まで聞いたことがないくらい高い声。

なんだこれ。何が起こってるんだ。

とにもかくにも、自分の身体の様子が知りたくて俺は手を持ち上げる。いつもより重たい腕を持ち上げると、そこには白くてぷにぷにした腕があった。

「……うぇ？」

なんだ、と言おうとしたのに口が動かなかった。いや、それは正しくない。口が動かなかったんじゃなくて、舌が思うように動かせなかったのだ。まるで口の中に張り付いてしまったみたいに重たい。

そんな舌を一生懸命動かそうと、もごもご口内に舌を這わせていると……俺は驚くべきことに気がついた。

歯がないのだ。

あの男に殴られて歯が抜けたとかじゃない。だって、口の中に一本も無いのだ。そんなことはありえない。じゃあ後から歯を抜かれた？　いや、そんなんじゃこの状況が説明できない。

意味が分からない。何だ。何なんだこの状況は。

何もかも理解できない状況で、俺の感情は溢れ出してしまい思わず泣き出した。

「ふぎゃぁ！　ふぎゃあ！」

俺がそうやって泣いていると、バタバタという安心感を覚える足音とともに部屋の中へと一人の女性が姿を現した。

だが、その背はあまりに高い。きっと俺の数倍はある。

そんな女の人はそっと俺の身体を抱きかかえると、

「イツキ。お腹空いたの？」

そう言って、あやしはじめた。

俺も良い歳なのに、それで思わず落ち着いてしまう。

溢れ出した感情が、すぅっと胸の中に消えていくのが分かる。涙が収まっていって、声もだんだんと落ち着く。

「ああ、寂しかったの？　良い子ね」

とても、透き通るような声。

胸の底にひびく女の人の声を聞きながら、俺はこの状況を、ようやく……なんとかだが、理解しはじめた。

小さくて、白い腕。言葉を出せない口。女の人に抱き抱えられるほど小さな身体。

そして何よりも、俺の名前とは一文字もかすっていない『イツキ』という名前。

考えられないが……考えたくもないのだが、俺はどうやら、赤ちゃんになったのだ。

「もうちょっとしたら、パパが帰ってくるからね」

「……んまぁ」

俺はパパ、と言ってみたのだが、やっぱり言葉にはならなかった。

聞こえてくるのは日本語だし、目の前にいる母親っぽい女の人は日本人だ。

どうも日本に生まれ直した……ぽい。だとしたら、俺の死体はどうなったんだろうか。通り魔ニュースなんて絶対に全国でやる。テレビがあったら見てみたい。

そう思って首を動かそうとしたのだが、これまた重たくて全く動かなかった。

なんでだ……？　と、思ったが、家庭科の授業で習ったことを思い出して納得した。

そうだ。赤ちゃんのときは首が据わっていないから、動かないんだ。

仕方がないので目線だけ動かして部屋の中を見ているが……見える範囲にテレビはない。それどころか、部屋の中には赤ちゃんが寝るためだけの布団しか無かった。

さらに言えば床は畳。部屋の区切りは扉じゃなくて襖。しかも母親の背中の向こうにあるのは障子だ。いかにも和風の建物という感じがしてくる。

もしかしたら、俺はかなり金持ちの家に生まれ直したのかも知れない。

そう思うと、ほっとした。そもそも日本に生まれ直せた時点で幸運なのに、その中でも金持ちの家に生まれたのは……不幸中の幸いだ。

これで生まれ直して、すぐに死ぬことは無いだろう。

もし治安の悪い国とか、貧困国とかに生まれてたら話は別だ。勉強ができたわけじゃないけど、そんな俺だってそういう国の赤ちゃんが死にやすいことくらい知っている。

もう死にたくない。

俺はもう死にたくないのだ。

包丁だか、ナイフだか知らないけど、あれを刺されたときの痛みはまだ覚えている。焼け付くような痛みと、息ができずに溺れる苦しさ。

あれから逃げるためだったら、どんなことだってする。

そう思ってしまうほどあの痛みは強烈だった。だから、当たり前なのだけど……死にたくないと思うのだ。

赤ちゃんになってしまったとはいえ、すぐに死ぬことはないと思うと底抜けの安心感が俺を襲ってきた。全身を毛布に包まれるかのような穏やかな気持ちは、すぐに眠気を呼んできた。

……赤ちゃんの身体って何もしてなくても眠くなるんだな。

それに大人のときと違って眠気に抗えない。だから眠気に身体をまかせて目をつむると、布団に寝かされるのが分かった。

きっと母親が横にしてくれたんだろう。たったそれだけのことなのに、すごい安心感がある。どんなことがあっても守ってくれるんだという、言葉に言い表せないくらいの優しさを覚える。

俺がそれに身を任せて眠ってしまおうと思ったその時だった。

母親がぎゅっと手を合わせたのだ。まるで、何かに祈るように。

「どうか無事に、三歳を迎えられますように」

心の底から絞りだされたような、その言葉が……嫌に耳に残った。

第一章 祓魔師

あの事件から数日経ったけど、俺は赤ちゃんのままだった。

不審者に刺され、気を失った後に見ている夢ではなく、信じられないことだが……俺は本当に赤ちゃんになってしまったのだ。

そりゃあ俺だって人生をやり直したいと思ったことは一度や二度じゃない。なんと言ってもかつての人生は単調そのもので、それを嫌だとは思っていなかったが心の底からそれに納得していたかと聞かれると……答えは、ノーだ。

だから、もう一度人生を歩みたいと思うことはあった。

でも俺がやり直したかったのは中学、高校とかであって赤ちゃんからじゃない。

しかも、名前も母親も変わっているので人生をやり直すというよりも全くの別人としてのスタートだ。これはちょっと違うんじゃないのか。

そんなもやもやした気持ちがどこに届くわけでもなく、俺は母親の胸の中でおっぱいを飲んでいた。

味は……良く分からない。前にネットの記事で赤ちゃんは味覚が育っていないから、味の区別が付かないなんてことを読んだことがあるし、実際に生まれたばかりのこの身体は、舌がちゃんと育ってないんだと思う。

早く育って欲しい。

あまりにも他人事みたいな考えだけどこの身体だと寝る以外に娯楽が無いので、めちゃくちゃ退屈なのだ。俺だって、赤ちゃんになったばかりの頃はテレビくらい見れるだろうと思ったこともあったのだが、その考えは早々に間違いだと気づかされた。

この家、相当に大きいみたいで赤ちゃんである俺には俺だけの部屋が用意されているのだ。そして、その部屋にはテレビもスマホもタブレットも無い。教育熱心というべきか、育児熱心というべきか。情報過多に慣れきった現代人の俺からすれば退屈で仕方がない。

テレビを用意していない代わり……なのかは分からないが、母親が寝る前に読み聞かせはしてくれる。してくれるのだが、今更シンデレラや白雪姫、ヘンゼルとグレーテルの話を聞かされても……ねぇ？

どれも知っているというか、『そんな話だったな……』となるので、そろそろ新しい話を聞きたい。

なんて、そんな不満を抱きつつお腹いっぱいになったので、俺はおっぱいから口を離す。

母親は俺の身体を持ち上げると、優しく背中をとんとんと叩いた。

「げっぷできるかな？」

これが成人男性に向けられた言葉なら煽り以外の何物でもないのだが、赤ちゃんは自分でげっぷすらできない。というか、この身体はおっぱいを飲むときに、おっぱいだけじゃなくて空気も一緒にお腹に入れているみたいで、すぐにお腹が空気でパンパンになるのだ。

それを、げっぷとして吐き出さないと、俺は気持ち悪くて泣いてしまう。

そう、泣いてしまうのだ。

この身体になってから性格というか感情みたいなところが、身体の年齢に引っ張られる。

だから俺は母親に背中を叩かれながら、一生懸命げっぷしようと努力すること数秒、

「げふ」

「げっぷできて偉いね！」

げっぷするだけで褒められてしまった。嬉しい。

しかも、母親に褒められたことと身体が楽になったことが相まって、思わずきゃっきゃと声があふれる。そして笑った俺を見て、母親が笑ってくれる。

なんて幸せな生活なんだ。

前世だとこんな風に誰かと触れ合う時間なんてなかった。

だってコンビニ店員とか、会社の人とかとこんなやりとりしないし。

恋人でもいれば違うのかも知れないけど、俺は恋人がいたことないからよく分からない。

寝るだけの生活はたしかに退屈だけど、それでもげっぷしたり、笑ったりするだけで誰かに褒められるんだから転生して良かったと思わず考えてしまう。

……でもなぁ。

そんな幸せな生活を手に入れたのに素直に受け入れられないのは、数日前に聞いた母親の言葉があるからだ。

『どうか無事に、三歳を迎えられますように』という、あの言葉を。

確かに赤ちゃんの身体は弱い。病気にかかったりすれば、命が危ないこともある。

だが、ここは現代の日本だ。それは間違いない。

俺が眠ったと勘違いした母親が近くでスマホを触っていたり、日本語で書かれた育児本を読んでいるのを見たことがあるし、何なら遠くからテレビっぽい日本語を聞いたこともある。

だからこそ、不思議なのだ。

なんで『無事に』なんてことを祈るのだろう、と。

確かに赤ちゃんの死亡率は大人と比べれば高い。高いのだが、日本での赤ちゃんの死亡率は高い方ではない。むしろ低いほうだ。

なんでこんなことを知っているかというと、印刷会社に勤めていたときの俺の仕事は地元企業のビラや広告、ポスターなどを印刷することで、その中に病院からの仕事があった。そこで乳児の突然死に絡めたポスターを作製し、その時に死亡率に触れたのだ。

入社してかなり初めの方にやった仕事だから、その数字をまだ覚えている。

もしかして、この身体って持病とかあるのかな……と考えたりもするのだが、そうだったら入院しているはずだろう。家にはいないはずだ。

さらに言えば、あの祈りが一度だけなら俺もここまで心配をしていない。気になるのは、母親が俺を寝かしつけてから毎回祈ることだ。

そんなことをされると流石に気が気じゃなくなってくる。もしかしたら、こっちの世界でもすぐに死んでしまうんじゃないかと思ってしまう。そして、そんな不安が募ってくると、不安の気持ちを抑えられずに泣いてしまう。

だから、なるべく母親には祈らないでいて欲しいと思っているんだけど、

「……お願いします。どうか、無事にイツキが三歳を越せますように」

おっぱいを飲み終えて、うとうとしていたタイミングでそう言われて……俺はビビった。

「ふぇ」

泣き声を漏らしてしまうと、ぱっと母親の顔色が変わる。その不安そうな顔色が母親に心配をかけているのだと思って、俺はぐっと泣くのを堪えた。

すると、母親は横になった俺の頭をそっと撫でながら、

「わっ、泣かなかったの。えらいね。よく我慢できたね」

そう言って、褒めてくれた。

いや、やっぱりこの生活も悪くないな。何だかんだ言いつつ、やっぱり何やったって褒められるのだから嬉しいに決まっている。

「寝んねしようね」

「あぅ」

母親にそっと頭を撫でられながら俺は目をつむる。そして、ふとあることに思い当たった。

……そういえば、父親の姿を見てないな。

俺がこの姿になってから数日。俺のところにやってくるのは母親だけで、父親の姿を見ていない。この家には母親以外の人の声が聞こえてくることもあるんだけど、どれも女性の声。

ちゃんとした大人の男の人を見ていない。

ただ母親が仕事に行っているわけではなさそうなので、誰かが生活費を稼いでいるんだとは思うけど。

そんなことをツラツラと考えていると、ようやく眠気がやってきた。暇を埋めるには寝るしかないので、目を瞑って意識を手放そうとした瞬間。

下腹部から激しい熱が襲ってきた。

何だこれ……腹痛……？

そんな悠長なことを考えた瞬間、ズンッ！　と、腹の底に響くような激しい痛みと信じられないほどの熱が俺の身体を襲ってきた。

「ほぎゃあ！　ほぎゃあ！」

痛みと熱に耐えかねて、思わず泣き出す。

すると、その瞬間に横にいた母親が血相を変えて俺を抱きかかえた。

「イツキ、大丈夫？　イツキ⁉」

「ふぎゃあ！」

痛いッ！　痛い痛い痛いッ！　なんだこれ痛すぎるッ！

俺が死んだときに感じていたような痛みと熱。それに勝るとも劣らない痛みが全身を襲う。

呼吸が止まる。泣くために息を吐き出したから、酸素が足りなくて息苦しくなる。頑張って息をしようとするのに、泣くのを止められなくて詰まる。酸欠になる。溺れる。涙と痛みで視界が荒れる。

死。

それが再び頭をよぎる。

「大丈夫。大丈夫だから！　お母さんがいるから！」

熱に襲われて、ぐるぐると回る視界の中で必死に俺を抱える母親の姿が見える。

見えるのに、霞んでいく。抱き抱えられているのかも、横になっているのかも分からない。

嫌だ。死にたくない。死にたくない！

せっかくあの苦しみから逃れたのだ。もう死なずに済むと思ったのだ。

「何で、あの人がいないときに限って……！」

母親の言葉が頭の中を流れていく。

腹の底からくる痛みから逃れるべく、身体のありとあらゆる場所に力を入れた。

それしかできなかった。

そして、何故かそれが功を奏した。

ぶり、という嫌な音とともに俺の全身を襲っていた熱がお尻から抜けていったのだ。

次の瞬間、さっきまでの痛みと熱が嘘みたいに消えた。視界も急に落ち着いた。呼吸もできる。まるで、さっきまで悪夢を見ていたようで。

……死んでない？

俺がほっと息を漏らすのと、母親が俺の変化に気がつくのは同時だった。

「イツキ。大丈夫……？」

心配そうに俺の顔色を窺いながら、そっと俺を横にする母親。

俺はそのタイミングで自分が抱き抱えられているのだと分かった。

「……魔喰いを耐えたのね。良かった。本当に良かった……っ！」

「うゆ」

母親はそう言いながら、ようやく俺のおむつが膨らんでいることに気がついて、替え始めた。

さっきまでの痛みなんて忘れて、母親が涙を流しながらおむつを交換している光景に思わず笑ってしまう。

「……うん。ちゃんと魔喰いを乗り越えてる。これなら、大丈夫よ。イツキ」

笑ってしまったのだが、母親の言葉で思わず真顔になった。

聞き間違いじゃなかったら、母親は『マグイ』と言った。

なんだろう。一度も聞いたことのない言葉だ。それがあの激しい痛みと熱の症状の名前なんだろうか。

マグイ、真杭？　いや、違うな。意味が分からない。

もしかして俺が知らないだけで、子育てだと一般的な言葉だったりするんだろうか。だとしたら俺だって聞き覚えがあっても良いと思うんだけどな。

調べようにも、スマホはないしパソコンだってこの身体だと使えない。そもそもパソコンがこの家にあるのかも分からない。

けれど、あれが相当ヤバいものだということくらいは分かる。

うんちが出なかったら間違いなく死んでいた。

ぞっとするような理解とともに、俺は『もしも』を考える。

もしも、さっきのが本当の赤ちゃんを襲ってたらどうなるんだろう？

中身が大人の俺だって無我夢中で全身に力を入れることしかできなかった。それ以外に抵抗なんて出来なかったし、そもそも抵抗なんてことも考えられる余裕がなかった。そんな痛みが本物の赤ちゃんを襲っていたら……死んだっておかしくないんじゃないのか？

だったら、母親が言っていた『三歳まで無事に育ってほしい』って毎回願ってたのは、このマグイが原因だったのか。

嫌だ。せっかく生まれ直したのに、すぐに死にかけるような人生は嫌すぎる。

もっと楽しい人生を送らせて欲しい。

「ちゃんと寝れるかな、イツキ」

「う」

おむつを片付けた母親に頭を撫でられて、俺はそう返す。さっき力んだときに汗ばんだ髪の毛が額に張り付いていたのを母親が剝がしてくれた。

それで最後の最後まで快適になったので目を瞑って眠ろうとしたのに……眠れなかった。

腹の底に違和感があるのだ。

「……うみゅ」

腹にあるのは痛みじゃない。

熱だ。腹の底に熱が溜まっているのだ。それが分かる。

さっきの『マグイ』が終わってから急に感じられるようになった不思議な熱だが、『マグイ』みたいに悪い感じはしない。むしろ、ぽかぽかと身体を温めてくれる優しい熱だ。

生まれたときからそこにあったぞ、と言われても納得してしまうほどに自然な温かみ。

「どうしたのかなー？　まだ眠れないみたい？」

「ふみゅ」

温かいのは良いのだが、眠れない……。

冬になると足先とか手先が冷たいのに、身体の中心はむしろ熱いみたいな、あの感じ。身体の中心と端の方で熱の量が違うので、何とも言えない気持ち悪さがある。

だから、寝ようと思ってもお腹のあたりが気になって眠れないのだ。

……どうしよう？

とりあえず『マグイ』のときに熱を消したみたいに全身に力を入れてみるがダメ。何も変わらない。うーん。熱は消えなくても良いから、足先とか手先まで行ってくれると楽になるんだけどな。

そんなことを考えながら俺は熱そのものに意識を向けてみると、ぐ……っと、熱が動いた。

「ふぇ⁉」

え、動いた！　動くのかよ、これ。

思わぬ動きにびっくりしてしまって、泣き出すところだった。

けど、熱が動くのならちょうど良い。俺はちょっとずつ、ちょっとずつ、熱を全身に溶かすことにした。まるで味噌汁を作るときの味噌みたいに。

それを繰り返すこと数分、お腹の中に溜まっていた熱が全身に回り始めるのを感じた。

……温かい。

思わぬ方法で解決策を見つけた俺は、ぽかぽかとする熱に包まれた。すると次第に眠気が戻ってきて、俺はうとうとしてゆっくりと眠りについた。

それからどれだけ経ったただろうか。

「帰ったぞッ！」

急に玄関の方から大きな声が響いて俺は思わず目が覚めた。

あまりの大声に泣き出すかと思ったが、逆にびっくりしすぎて泣きもしなかった。

玄関からこの部屋まで結構距離あると思うんだけど……と、母親に抱っこされて回った家の構造を思い出しながら、声の大きさに改めて驚く。

「イツキはどこにいる⁉　元気にしてるか！」

「向こうの部屋で寝てますよ」

ドタドタという大きな足音と共に聞こえてくる女の人の声は母親だ。

母親が敬語を使っているのを聞くのが初めてで、不思議な気持ちになった。

「そうか。顔だけでも良いから見たいものだ」

「見てあげてください。あなたの子ですから」

あなたの子、ということはこの大きな声の主は父親か。父親がいたのか。そりゃいるか。

そんな意味不明なことを考えていると、縁側と部屋を閉じていた障子が勢いよく開かれた。

そして、大人二人が部屋に入ってきたのが分かった。

「おぉ……！　この子がイツキか……」

「ええ。抱っこしますか？」

「……う、うむ。随分と小さいな」

「赤ちゃんですから」

父親の太い声を聞きながら、俺はどうにかして父親の姿が見れないかと苦心した。

首は据わっていないから動かないので、どうにか目だけ動かして父親の姿を見ようとして……その姿が目に入った瞬間、思わず息を呑んだ。

そこにいたのが、めちゃくちゃ大きな男だったからだ。

身体は分厚くて、溢れ出さんばかりの筋肉があるのが服の上から分かる。さらに顔は傷だらけで、片目は潰れているのか眼帯までしていた。

ど、どういうこと？

なんで日本なのにそんな歴戦の軍人みたいな姿なの⁉

俺の驚きはついに感情の堰を越えてしまって、涙に変わった。

「ふぇえええん！」

「むっ！　な、泣いてしまった……」

厳つすぎる男が、泣く俺を前にして戸惑っている姿は面白かったが……それでも、衝撃の方が強かった。止まらぬ涙にあたふたし続ける父親から、母親にそっと俺が渡される。

いつもと同じその感覚に俺は安心感を覚えて、ゆっくりと感情が落ち着いていく。

「ほら、泣き止みましたよ」

「すごいな……」

「抱っこしてあげてください。まだ首が据わってないので、しっかり支えてくださいね」

「うむ……！」

単語でしか喋れなくなってしまったのか、父親はおっかなびっくりといった様子で俺の身体を再び母親から受け取った。母親とは違う、ごつごつとした筋肉質な身体。しかし、母親と同じくらいの優しさに包まれながら、俺はある違和感に気がついた。

……ん？　温かい？

父親の中心に、熱を感じるのだ。

それも、俺の腹の底にあったあの熱と同じような熱を。

「か、可愛いな……」

「私たちの子ですから」

すっかり泣き止んだ俺は、ほっぺをつんつんと父親にされるがままになった。しかし、俺のほっぺをつつくその指も太い。何をどうすればそんなに太くなるんだと言わんばかりに太い。

しかも、指先まで傷だらけだし。どうなってるんだ。本当に。

ほっぺを触られることに慣れてないので俺がむっとしていると、

「あの、あなた……」

「どうした？」

「今日、イツキが魔喰いに……」

「何？」

母親の言葉を聞いて、父親の目の色が変わった。『マグイ』って、俺が知らないだけで本当は子育て家庭では一般的な単語だったりするんだろうか。

「まだ生まれて一月も経ってないだろう。まだ早すぎないか？」

「……で、でも。この子が急な熱に襲われて」

「しかし、今は普通に見えるぞ。魔力も落ち着いている」

……今なんて言った？　魔力、と言わなかったか？

流石にそれは聞き逃せない。『魔力』はいかに子育てに疎い俺だって知っている。

それは漫画やゲームで使われる言葉だ。間違っても、子育ての中で飛び出すような言葉じゃない。

だとしたら、『マグイ』の指す意味も変わってくるぞ。

マは恐らく……魔。

魔グイ、魔杭。いや、違うな。

……『魔喰い』か。

「でも、私だって如月家に嫁いだ者です。魔喰いを見誤りはしません」

「ふむ……。だが、むしろイツキの魔力は全身に行き渡っているように見える。まるで『廻術』を行っているみたいだ」

カイジュツ……カイジュツ……？

一つ疑問が解決したと思ったら、今度はまた知らない言葉がでてきた。

「そ、そんなこと！　だって、あれは五歳から使う技でしょう⁉　生まれたばかりの子が使うなんて。そんな話、聞いたことが……」

「ふむ……」

父親は顎に手を当てながらしばらく思案すると、

「それなら、イツキは天才なのかも知れないな！」

ぱっと笑みを浮かべて、父親は豪快に笑った。

もちろん、母親はそんな父親に納得いっていない様子で、

「変なことを言うのはやめてください！　また魔喰いに襲われたら今度こそ死んでしまうかも知れないんですよ⁉　今すぐ魔力の沈静化をしたほうが……」

「安心しろ、楓。今は安定している。下手に魔力に触る方が危険だ。それが赤子ならなおのこ

と。お前とて、それは知っているだろう」

へぇ。母さんの名前は楓っていうんだ。今の今まで名前を知らなかったので、なんか得した気持ちになった。

「もしかしたら、イツキは如月家始まって以来の祓魔師になるかも知れんな！」

……祓魔師？

何だそれ……と思うよりも先に、父親が俺を抱きしめた。その力が強すぎて思わず泣いた。泣きながら心の中で思った。

ここ本当に日本かよ⁉

第二章 鍛えろ！ 魔力トレーニング！

俺が転生してから、ちょうど一年が経った。

赤ちゃんの成長とは早いもので首は据わったし、ちょっとずつだが言葉も喋れるようになった。一年、早いようであっという間に過ぎ去った。

俺は何とか死ぬことなく一歳を迎えられることができたのだ。

あれから何度も魔喰いに襲われた。襲われる度にこの激痛に負けて死ぬんじゃないかと恐怖した。世の赤ちゃんたちはみんなこんな痛みに耐えているのか、と思ったのだが、父親曰く魔喰いに襲われるのは祓魔師の子ども、中でも魔力の多い子なのだという。

祓魔師というのは魔法を使って〝魔〟を祓うことを仕事にしている人を指す。

そう、魔法だ。どうにも、この世界の日本には魔法があるらしいのだ。

魔法というのは、つまりかぼちゃを馬車にしたり、お菓子で家を作ったり……と、発想が絵本に引っ張られ過ぎだが、とにかくそういうものがこの世界には存在しているのだという。

最初は本当に日本かよと疑っていたのだが一年も経てば分かる。ここは間違いなく日本だし、住んでいるのは東京だ。前世との違いは魔力が存在していて、魔法も実在していること。

そして、あの恐ろしい魔喰いは魔力が身体の器から溢れ出すことで起きるのだ。

ちなみにだが魔力は全ての人間が持っており、それを〝魔〟……つまりは妖怪とか、魔物とか、モンスターとか、そういう化け物たちが狙っているのだという。

俺が生まれたのは、祓魔を家業にしている如月家。ちなみに長男だ。

転生してすぐの頃、父親が数日ほど留守だったのは祓魔師の仕事で出張していたのだとか。あの厳つい顔や指の傷は〝魔〟との戦いで負ったらしい。そんな武勇伝を寝る前に聞かされた。

その〝魔〟……は、言いづらいな。モンスターと呼ぼう。

このモンスターとやらは強い、らしい。それも、めちゃくちゃ強いのだとか。何でも一体倒すのに普通は祓魔師が何人も集まって討伐する――祓う――もので、中には死んでしまう人もいるという。

俺がハイハイしながらこの家の中を縦横無尽に駆け回っていたところ、やけに遺影の並んでいる仏壇を見つけてぎょっとしたのだが……後で父親から『祓魔師は死にやすい』という話を聞いて納得した。

そして、遺影の列にある真新しい赤ちゃんの写真を見て母親が熱心に祈っていた理由も。

俺には……きっと、兄姉がいたのだ。兄なのか、姉なのか分からないけど。だけど魔喰いに耐えられずに、死んだ。だから俺が長男になった。

だが、それも分かる。魔喰いは一歩誤れば簡単に死ぬ。死んでしまう。

あの沸騰したお湯をぶっかけられたんじゃないかと思うくらいの熱と、腹の中をずたずたに切り裂かれてしまうかのような痛み。


「や！」


思わず口をついて言葉が漏れる。

赤ちゃんの口だとうまく発音が出来ないのだが、そんなことはどうだって良い。

俺はこの状況に納得がいっていないのだ。

あの不審者に刺されて生まれ直した。ここまでは百歩譲って納得するとしよう。本当は死にたくなんてなかったけど、それを今更嘆いても後の祭りだからだ。

ただ、それはそれとして、なんで生まれ直した先でも死にかけないといけないんだ。

さらにこのまま俺が大人になった先に待ち構えているのは〝祓魔師〟という殉職率の高い仕事である。当然、前世では喧嘩の一つもしたことがない俺はそんな危ない仕事に就きたくない。もう痛いのも、死ぬのも嫌なんだ。

だが、最悪なことに俺には『祓魔師にならない』という選択肢が用意されていないのである。

それは何故か。

決まっている。俺が長男だからだ。

どうにも父親と母親の話を聞いているに祓魔師の家は前時代的というか戦前の昭和の香りが

残っている。つまりは家父長制と、長男が家を継ぐという長男信仰だ。

だから俺は祓魔師にならないといけないのである。

おかしいだろ。どんな三段論法だよ。

「やぁ……」

もう死ぬのは嫌だ。

どうすれば痛い思いも死ぬような思いもしなくて済むのだろうか。

最初に考えたのは、大人になったら家から逃げ出すというものだったのだが、それはすぐに上手くいかないことに気がついた。

モンスターは人の魔力を狙う。それはつまり、魔力量の多い人間が優先して狙われるということだ。ステーキで喩えると霜降りの多い場所が人気部位になったりするもんだと思ってる。

いや、ちょっと違うか？

とにかく、魔力量の多い人が狙われるのであれば、祓魔師の家に生まれた俺はその時点でモンスターたちから優先して狙われることになる……らしい。らしいというのは、父親からの伝聞で、俺は実際には見たことはないのだ。そもそもこの家には結界が張られているから、モンスターには見つからないとかなんとか……。

そういうわけで俺が家を飛び出しても、狙われるのは変わらない。むしろ、結界があるだけ家にいる方が安全だったりする。

そして、家に残るのであれば祓魔師として働くしかない。

完全に詰んでる。

どうしよう……と、俺は部屋の中で母親が買ってきたおもちゃの木琴を叩きながら考える。

ぽんぽんと軽い音を立てるが、この家は俺が前世で住んでいたような集合住宅じゃないので騒音は気にしなくて良い。

「上手に鳴らすね、イツキ」

「うゆ」

叩いていたら隣に座っていた母親に褒められた。嬉しい。

……いや、そうじゃなくて。

本当にどうすれば俺は死なずにすむのだろうか。

木琴を叩きながら考える。考えて、考えて考えて考えて。


閃いた。

そうだ。強くなれば良いのだ。

なんでこんな簡単なことに気がつかなかったのか自分でも不思議なのだが……祓魔師として、モンスターと戦うことが決まっているのであれば、強くなれば良いのだ。

前世では『殺られるまえに殺れ』という言葉があった。

痛い目に遭うのは、モンスターに傷つけられるからだ。

死んでしまうのは、モンスターに傷つけられるからだ。

だとすればモンスターに殺されるよりも先に殺してしまえば……絶対に痛い思いをせずに済むんじゃないのか。死ぬこともなくなるんじゃないのか。なんでこんなことすら分からなかったんだろう。

人生のレールが敷かれているのなら、その上でどうにか死なないために足掻くしかない。

思えば俺は前の人生で足掻いたことなんてなかった。高校受験も、大学受験も、就活でさえも努力せずに自分が入れるレベルのところを見定めて入った。何かを成すために必死に努力するなんてしたことがなかった。

だから、思う。

何かに必死になってみるのも……悪くないんじゃないか、なんて。

あぁ、そうだ。せっかく二回目の人生を手に入れたのだ。努力しよう。前世で出来なかったことをしてみよう。そうすれば、きっと痛い目に遭わなくて済む。死ななくて済む。

だから少しは頑張ってみようと思ったのもつかの間、俺は腹の底にある熱に気がついて冷静になった。

魔力、どうしよう。

強くなると決めたは良いけど、それはモンスターの脅威に対するためであって、魔喰いの解決にはならないのだ。

一年かけて確信したことだが魔力は息をしたりご飯を食べたり、普通に生きているだけで勝手に腹の下の方に溜まっていく。喩えるなら食べ物が消化されない胃に近いかもしれない。減らないので魔力は器に溜まり続ける一方だ。

そして増え続ける魔力は器の容量を超えた瞬間に、一気に溢れ出す。

俺はそうなる前に魔力を全身に回したり、あるいは力んで……魔力を外に出すことで対応してきた。あの痛みと苦しみから逃れるためには、なるべく急いで魔力を排泄するほかないのだ。間に合わなくて魔喰いに襲われたことも一度や二度じゃないけど。

まだ一歳だから外に出すことで何とかなってるが、これから先のことを考えると早い段階で魔喰いを抑えないと、いずれ社会的にとんでもないことになってしまうことは必至。

だから、俺は強くなる前に自分の魔力が収まるだけの『器』を手にしないといけないのだ。

では、何をすれば器は大きくなるのか。

答えはたった一つ。魔喰いに襲われることだ。

想像もしたくないのだが、どうにも魔喰いに襲われるたびに俺の魔力の器は大きくなっている。それが分かるのだ。

魔喰いに対抗するために魔喰いになる。一瞬、矛盾しているように思えるが、それは違う。筋トレのようなものなのだ。溢れる魔力に合わせて身体が強制的に成長する。だから痛い。

思えば筋肉痛とか、成長痛とか、人の身体が成長するときには痛みがついて回ってる。魔喰いとは器の成長痛なのだ。だから、意図的に魔喰いを起こせば器は大きくなる。

じゃあ、どうやれば意図的に引き起こせるかというと、これは簡単なことで全身にある魔力を下腹部にある魔力の器に戻せば良い。そうすれば器の限界を超えて、魔喰いが起きる。

けど、死にたくないからといって自分から死にに行くのは本末転倒だ。

……どうしよう？

これは詰んだかも……と思いながら、しばらく木琴で遊んでいたところ、ふとお腹がぎゅるぎゅると緩むのを感じた。赤ちゃんの身体は自分の精神で思うようにできないこともあり、俺はその場ですることを済ませる。

「イツキ。こっち来て。寝んねして」

「う！」

臭いに気がついた母親に誘われるがまま、俺は母親が敷いたタオルの上に横になる。そして、おむつを取り替えられているタイミングで……ふと、思った。

このタイミングで全身の魔力を器に戻したらどうなるんだろう？

今の状態で器に魔力を戻せば魔喰いが起きるのは間違いない。そして、俺のお腹の中にはまだ出せていないモノもある。思えば最初に魔喰いに襲われたときは、アレに合わせて魔力を外に出した。それで魔喰いになってもすぐに逃れることができた。

だとすれば……だとするんじゃないのか？　物は試しだ。……やってみよう。

というわけで俺は全身の魔力を器に戻した。

次の瞬間、腹の底から熱があふれる。泣き出してしまいそうな痛みと熱が襲ってくる寸前に、俺は完全に出し切った。

母親にお小言を言われてしまった。まぁちょっと良くないことをしたな、とは思う。反省。

「もう！　おむつ替える前だったから良かったけど……」

ただ、それはそれとして問題はこんな浅い、魔喰いと呼べもしないような物で魔力の器が大きくなっているかどうかだ。

俺は意識を身体の中に向けてみて、総量を実際に測ってみる。目を瞑って、器の中に残っている魔力の熱を感じるのだ。はたから見れば、ただおむつを替えられてる赤ちゃんだけど、気持ちだけは修行僧である。

何回か呼吸を挟んで、それでも実際に腹の中の熱を感じ取ってみて、確信した。

器が、大きくなっている。

間違いない。本当に極わずか……きっと総量の一パーセントに満たないレベルだけど確実に大きくなっているのだ。

痛みに耐える時間は無く、死の恐怖に怯えることもなく器の拡張に成功した。

次の瞬間、俺のテンションは一気に上がった。

やった！　やったぞッ！

これで上がるなという方が無理あるだろ。だって痛くないんだぞ!?　痛くないのに、魔喰いから逃れられるんだ！

増えてる量はとても僅かだけど、痛くないからセーフだ。

このトレーニングを……そうだな。仮に排泄トレーニングとでも呼ぼう。

これを続ければ早々に魔喰いから逃れられる。だから後はこれを続けるだけだ。どうせ赤ちゃんの暇つぶしなんて碌なものがないのだ。これで潰せるならむしろ一石二鳥って感じもする。

「……え？　魔力を」

だが、俺がそんなことを考えていたのもつかの間。

母親はおむつを替える手を止めると、顔色を変えて立ち上がった。

「宗一郎さん！」

立ち上がると、父親の名前を呼びながら走って部屋から出ていってしまった。

ちょっと、あの、俺のこの格好はどうすれば……。

いくら赤ちゃんとはいえ下半身丸出しは恥ずかしすぎるのだが、幸いなことに母親はすぐに父親を連れて戻ってきた。

「イツキが魔力を排出する方法を覚えた？」

「そうなんです。けど、私の勘違いかもしれなくて……」

部屋にやってきた父親は、あろうことか替える前のおむつにそっと手をかざした。臭そう。というか手をかざしたくらいで何が分かるんだろう……と思ったが、父親はやけに真剣な顔をしてから、

「確かに排出されてるな。これならしばらく魔喰いは起きないだろう」

「や、やっぱり外に出てるんですね。良かった……」

父親の言葉に安心したのか深く息を吐き出す母親。

「しかし、生まれてまだ一年だろう？　こんなに早く魔力を外に出す方法を覚えるなど聞いたことがない。……強い子だな」

「たまたま外に出せたということですか？」

「うむ……。たまたまかも知れないが……しかし、もしかするかも知れんな」

「もしかするとは……？」

心配そうに聞く母親に、父親は随分ともったいぶって答えた。

「もしかするとイツキは天才かもしれないということだ！」

父親は一気に柔らかい表情へと顔を変えると、俺のほっぺをつんつんしてきた。

「もう、心臓に悪いことを言わないでください……」

そんな父親とは打って変わって、母親が父親の冗談にため息をつく。

あの、それはそれとして俺のおむつ早く替えてほしい……。

「まっ！　まぁー！」

この口だとママと言えないので、喋れる言葉だけで母親におむつを替えてほしいとねだる。

だが、先に反応したのは父親で、

「む？　もしかしてイツキがパパと言ったか⁉」

呼んだのは母親です。

しかし、俺がツッコむ間もなく、母親が気がついた。

「ごめんね。イツキ。いま替えるからね」

そしてしゃがみ込むと、素早くおむつを取り出しながら父親に対して口だけ動かす。

「あなた。この子はおむつを替えて欲しがっているんですよ」

「……む。おむつか」

ちょっとがっかりした様子の父親。

「どうです？　あなたが替えてみますか？」

「……良いのか？　泣かないか？」

「今は男の人も育児に参加する時代ですから」

母親がにこやかにそう説明する。そういえば前世で男の先輩が育休を取ろうとして上司に小言を言われていたことを思い出した。祓魔師に育休なんて概念あるんだろうか。無さそうだな。

「む。そうか。じゃあ、やってみよう」

「ええ。まずはおむつを外してお尻を拭くんです。優しくしてあげてくださいね」

「……うむ」

視線だけで人を殺せそうな男がおむつを前に格闘している様子が面白くて、俺は思わず笑った。笑ったら父親の寄った眉がちょっとだけ緩んだ。

「良かった。泣かないな」

「泣きませんよ。お父さんですから」

その言葉を聞きながら、俺の兄か姉か分からないけれど……父親はその子のおむつを替えなかったんだろうかと、そんなことを考えた。


少しだけ魔喰いを起こすトレーニングは兆候が見えたら欠かさずにやることにした。タイミングは母親がおむつを替える直前。理由はそこが一番不快感が少なく済むからだ。大人になったので忘れていたが、おむつの中にアレがあるのは不快で不快で仕方ない。そして、赤ちゃんの身体は一定以上不快ゲージが貯まると泣いてしまう仕組みらしい。

だから眠たいのもダメ。おむつの中にソレがあり続けるのもダメ。お腹が空いた状態でずっと放置されるのもダメ。ダメなことだらけだ。とはいっても、一歳にもなればそれらをある程度は我慢できるようにはなってきてるけど。

だからおむつを替えるタイミングを待たなくて済むようにトイレのタイミングで排泄トレー

ニングをしようと思ったのだが、なんと一歳ではトイレトレーニングをしないのだ。

それまではこのおむつと仲良くしなければいけない。

新しい人生で初めてできた友人がおむつかと思うと不安で仕方がないが、終わり良ければ全て良しとも言うし、前世では出来なかった友達づくりも現世では頑張っていきたい。

そんなこんなで魔喰いから逃れるために始めた排泄トレーニングはすっかり自分の中に染み付いていて、今もまさに終えたところだ。

「イツキ。今日も魔力出せてえらいね〜！」

「まちょ！　まちょー！」

「そう。たくさん出さないと、お腹いたいいたいなるからね」

母親から褒められると嬉しくなって、思わず俺は手を叩く。

トレーニングを始めてから数日ほど経ったのだけど、体外に出すようにしたら目に見えて母親が安心しだした。遺影の列を見れば、安心する理由は痛いほど分かる。

だからというわけではないが、排泄トレーニングにも熱が入る。やっぱり母親にはできるだけ安心していて欲しいと思うのだ。

一瞬だけ魔力を器に戻して、外に排出すれば俺は美味しいところだけを得ながら魔喰いの恐怖から逃れられる。魔喰いの仕組み的に俺がそれで死ぬことはないのだ。

やってることと、途中の姿はあれだけど、これでも俺の人生初めての親孝行だと思ってます。

というか、母親が安心しているところを見ると、不思議と俺も安心する。その気持ちを思い返してみれば前世でも子どものときはそんな気持ちを抱(いだ)いていたような気がするのだ。俺は一体いつからそんな気持ちを忘れてたんだろうか。

俺が母親にされるがままになっていると、父親が部屋に入ってきた。

「楓(カエデ)。今年の『七五三』が終わったぞ」

「……そう、ですか」

その途端(とたん)、露骨(ろこつ)に母親の表情が曇(くも)る。

なんで七五三で……？

いや、思い返せば母親は『どうか無事に、三歳を迎(むか)えられますように』と言っていた。

ということは、七五三で何かあるんだろうか？

「心配するな。イツキは強い子だ。きっと、何事もなく三歳を迎(むか)えてくれるはずだ」

「本当に、無事に育ってくれれば良いのですが……」

そういう母親の言葉尻(ことばじり)はどんどんと小さくなっていく。

き、気になるなぁ……。

祓魔師(ふつまし)になることが決まっているなら、死なないために強くなる。

そう目標を立てたのは良いけど、祓魔師(ふつまし)になる前に死んでしまっては元も子もない。だから気になるのだ。三歳までに何が俺に襲(おそ)いかかってくるのかが。

父親も母親も明言しないから、俺の中で不安がだんだんと募っていく。けど、俺はもういつまでも寝ているだけの赤ちゃんじゃない。分からないことは聞いてしまえば良いのだ。

「ちゃんちゃ？」

三歳、と言いたかったのだが、やっぱり歯が生え揃ってない口だと上手く言葉が発せない。発せなかったのだが、父親が凄い勢いで食いついてきた。

「楓！　いまイツキがパパと言わなかったか!?」

最近気がついたのだが、父親は親バカである。

そんな父親に苦笑しながら、母親が続けた。

「違いますよ。この子は三歳と言ったんです」

「もう言葉が分かるのか！　賢いな！」

「もちろん分かりますよ。絵本をたくさん読んでるんですから」

「そうか。やっぱりイツキは天才だな！」

父親はそう言うと、そっと俺を抱きかかえた。

「良いか、イツキ。三歳までな、お前は何度も魔喰いに襲われるだろう」

「む……」

「だが、三歳を過ぎたら身体が必要以上の魔力を身体に取り込まなくなる。そうすればお前はもう魔喰いに襲われなくて済むのだ！」

……何？

思わず眉をひそめてしまう。

「わはは。イツキにはまだ難しかったかな？」

そう言って父親が高らかに笑うのだが、俺が気になったのはそこじゃない。

三歳になれば魔喰いに襲われなくなる。確かにそれは良いことだ。今みたいにずっと魔力量に気を配っておく必要がなくなるんだから。だが、だからと言って手放しに喜べるようなものでもない。

魔喰いが起きなくなるってことは器を大きくすることが出来ないということじゃないのか。

「イツキが三歳になれば七五三か。魔力量の測定もあるな」

「そうですね。本当に、無事に育ってほしいです」

何だか俺の知っている七五三と意味が違う気がするが、そんなことはどうだって良い。器を大きくするトレーニングを行えるのがあと二年しかないというのが問題なのだ。

何しろ魔法の使用回数は魔力量に依存する。

寝る前に父親から聞いた話によると、祓魔師の死亡率の第一位はモンスターからの不意打ちで、二番目は魔力切れ。だから器を大きくしておくことは必須である。

そうだというのに魔喰いになるのが三歳までとなるとトレーニング期限は残り二年。これを問題と言わずしてなんと呼ぶ。

……魔喰い の頻度を増やした方が良いかもしれない。

せっかく生まれ直したのだ。『あの時、ちゃんとやっておけば』なんて後悔をしたくない。

そんなことを考えながら父親に抱っこされていると、ふと父親が首を傾げた。

「なぁ、楓。イツキの魔力総量……増えてないか？」

「えっ？」

突然、呼びかけられた母親がきょとんとした表情を浮かべる。

器に入る魔力の総量が増えているということは、たった数回だけどトレーニングの成果が出ているということになる。俺はやり方を間違えていないことを悟って、思わず笑った。

もっとだ。もっともっと大きくする。魔力切れなんて起こさないように。

トレーニングを続ける決意を固めている横で、母親が明らかに呆れた様子で父親に告げた。

「何を言ってるんですか。魔力総量は生まれたときから決まってるものでしょう？」

「それは、そうなのだが……」

父親は歯切れの悪いことを言いつつ、表情を濁らせる。

へー。魔力総量って生まれたときから変わらないんだ。

……ん？　じゃあ何で俺の器は大きくなってるんだ？

自分でも量は増えたと思っているし、父親も増えたと感じている。

だから、それ自体は間違いではないはずだ。

「気のせい、か？　いやしかし、前に抱いたときは今よりも少なかったと思うが……」

「〝魔〟と戦いすぎなのではないですか？　きっとお疲れなんですよ」

「……ふむ」

納得のいっていない様子の父親は頷きながら俺を『たかいたかい』する。

それがくすぐったくて笑ってしまいながらも、俺はふとある可能性に思い当たった。

もしかして、器が成長するのは三歳までなんじゃないのか。

つまり、三歳までは身体が適正な分の魔力を取り込めないため、キャパオーバーし魔喰いを起こす。魔喰いが起きるから器が成長する。でも、三歳になるにつれ身体が器に合わせた魔力量の取り込みが出来るようになってくる。そして魔喰いが起きなくなる。魔喰いが起きないから器の成長は止まる。

そして、魔力総量を測るのは七五三のとき。完全に成長が終わったときだ。

だから器を広げられる――つまり魔力総量が増やせることが知られてないんじゃないのか。

いや、そもそも『増やせる』という考えが間違いなのかも知れない。

俺だって魔力を操れることを知らなかったら、自分で魔喰いを起こして器を大きくするなんてことは思いつかなかった。同じことを自我の芽生えていない普通の赤ちゃんができるとは思えない。

だから正しくは三歳までに増えているなんじゃないのか？

それは、もしかしたら俺の考えすぎなのかもしれない。

ただ、事実として俺の魔力(まりょく)総量は増えている。

それだけ分かれば十分だ。後はこれを続けていくだけ。

だから俺は、気合いを入れるために腕(うで)を目一杯(めいっぱい)のばした。

「おーっ！」

「いまパパって言ったぞ!?」

言ってねぇよ。

第三章　第七階位

三歳になった。

言葉にするととても簡単に聞こえるが、一歳から三歳への成長は大きなものがある。

まず、一人で歩けるようになった。食事だって離乳食じゃなくて、ちゃんとしたものが食べられるようになった。それになによりトイレが一人で出来るようになったのだ！

なんという成長。これで毎度毎度するたびに、母親の手をわずらわせることがなくなった。なくなったので、トレーニングの頻度を高めることができた。頻度が高まったので、器の成長も早くなった。

さらにこれは嬉しい誤算だったのだが、トレーニングで器が成長すると取り込む魔力量が増える。多分だが、魔力量を調整できない幼い身体は『もっと取り込まないと』と勘違いして、それだけ取り込んでしまうのだろう。

おかげで、俺は魔喰いが起きなくなる日……身体が成長しきる最後の瞬間まで器を成長させることができた。二歳の最後の方なんかは一日に二十回以上も魔喰いを起こしていたのだ。

それで……これ、最初の何倍になってんだろ？

多分だけど、最初の数十倍とか数百倍とかになってないだろうか。生まれたときの器の大きさなんて覚えてないので完全に体感だけど、それくらい大きくなっている気がする。

俺はいつもの癖で排泄トレーニングをしようと魔力をお腹に集めてみるが、ふわっ、と温かくなっただけで何も起きない。

「……ん」

やっぱり、何度試してみても魔喰いは起きない。自分の成長を肌で感じながら、俺は嬉しいような悲しいような、そんな気持ちになりながら布団の上に横になる。

そろそろ起きないと……と、思っていたら障子を開けて母親が入ってきた。

「イツキ。起きてるかな～？」

「ママ、起きてるよ！」

「今日は『七五三』だから家の外に出れるよ。楽しみにしてたもんね！」

「うん！」

勢いよく頷く。

何しろ母親の言う通り、俺は生まれて初めて家の外に出るのだ。

テンションの上がったまま、俺は思わず聞いた。

「外出れる？　ちゃんと出れる⁉」

「そうだよ。ほら、お着替えしようね」

家から外に出ていないというのは、冗談でも誇張でも何でもなく本当の話だ。子どもなら絶対受ける予防接種とか定期健診とかはわざわざ医者が家にやってきて受けているのである。

生まれたときに俺が感じた『もしかして金持ちの家？』という予想は大当たりだったのだが、いくら金持ちだからって意味もなく子どもを一回も外に出さないなんてありえない。

だから何か理由があると思って父親に聞いたところ『〝魔〟に襲われないため』と返ってきた。モンスターは魔力を求め、人を襲う。その中でも子どもは特に狙われると。

俺はその日にテレビで見た動物番組のことを思い出し、妙に納得した覚えがあったりする。野生動物も狙われるのは子どもや病気の個体など、襲いやすい生き物らしいし。

「イツキ。着替えたか！」

「まだ！」

噂をすればなんとやら。父親が勢いよく部屋までやってきた。

普段は仕事で忙しくしている父親も今日だけは無理を言って休みをもらってきたらしい。祓魔師にとってそれだけ七五三の意味するところが大きいのだ。

何しろ七五三は子どもの魔力量を測定する行事。

これで本人の人生はおろか、家の盛衰まで決まる……らしい。とんでもないことだ。まさか三歳にして家の期待を背負うようなことになるとは。

「緊張してるか、イツキ」

「してない！」

嘘だ。めちゃくちゃしてる。

というか、期待かけられまくりの状態で緊張しない方が無理あるだろ。

思い返せば前世だと就職した瞬間に人生の進路が決定的になった。だが、あれはあくまでも自分の人生だけで家の期待なんてものはくっついていなかった。しかし、考えたからと言って緊張がどうなるわけでもない。

「よし、行くか。イツキ」

「行く！」

着替え終わるや否や伸ばされた父親の手を取って、部屋の外に出る。

それだけで父親の顔がほころぶ。

「朝ごはんは車の中で食べるんだぞ」

「くるま！　くるま乗れるの⁉」

「そうだ。ぶーぶーだ！」

片目に眼帯した傷だらけの男が『ぶーぶー』なんて言葉を口にするのは、血を吐き出すときのくぐもった息漏れくらいだと思っていたのだが、そうじゃないらしい。

てか、その見た目でぶーぶーて……。

俺はやや引きながら父に手を引かれながら門をくぐって家の外に出た。外に出てから目に入ったのは数年ぶりに目にするアスファルトの道路と、そこに門の近くに停めてある黒い高級車。そして、車の前で姿勢を正すスーツ姿の青年。

「良いか、イツキ」

「どうしたの？　パパ」

思わず浮足立ってしまい今すぐにでも飛び出したい気持ちになっていた俺の手をぎゅっと握りしめて、父親が立ち止まる。

「これから『神在月』家に向かう。その途中は何があっても、どんなことがあってもパパから離れぬことだ」

「う！　分かった！」

「良い子だ」

いまさら理由を説明されなくても、俺はちゃんと理解している。

父親から離れたせいでモンスターに殺されました、なんてシャレにならない。絶対に父親から離れないからな俺は。

俺たちが向かうや否や、車の近くに立っていた青年が深々と頭を下げた。え、誰？

「お待ちしておりました。宗一郎様」

「やめてくれ。今日はこの子が主役だ」

しかし、父親はそんな青年に困惑した様子も戸惑う様子も見せずに、すっと受け入れてしまっている。

「失礼いたしました」

「良い。今日は頼む」

父親の言葉で、何だか状況が掴めてきた。この人あれだ。運転手だ。

いや、待て。運転手が車を運転してくれんの？　ウチってそんなにお金持ちなの？

俺が目を白黒させていると後部座席のドアが青年の手によって開かれた。

「イツキ。これが車だぞ！」

「ぶ、ぶぅ……」

俺が目を白黒させているのを車に驚いているんだと勘違いしたっぽい父親による説明を食らい、思わず子どもらしく誤魔化す。あの、俺が気になってるのは車じゃなくて運転手……。

しかし、そんなことを口にするのも変なので、俺は用意されたチャイルドシートに行儀よく座った。その横に座るのは母親ではなく父親だ。

「では、出発いたします」

バックミラーを使って俺のシートベルトが正しく付けられていることを見た青年が車を進める。運転手なだけあって、とても穏やかな加速だ。都内でタクシーに乗るとこうはいかない。

「あなた、これをイツキに」

「うむ」

母親が父親に手渡したのはカレーパンの袋。

何を隠そう俺はカレーパンが大好きなのだ。しかも、なぜかこっちの世界にやってきてから初めて好きになった。そういう意味なら好物になったというべきか。前世では特に興味もなかったんだけどな。食の好みが変わるなんて、転生は不思議だ。

父親伝いで渡されたパンをもそもそと食べながら窓の外を眺める。

生まれて初めてみる日本の風景だったが、俺の感想は『前世と何も変わらない』だった。魔法がある世界だから中世っぽい建物の外観だったり、侍みたいな格好をした人が歩いていたりと、そういう変わったことをちょっと期待したのだが……まぁ、そんなことはない。テレビを見たときから薄々気がついていたが、やっぱりここは普通の日本だ。もしかしたら、魔法は一般的じゃないのかも。

そんなことをボンヤリ考えていると、車が交差点を穏やかに左折する——その瞬間だった。

ドン、と鈍い音が車の後ろから聞こえた。

『ねェ』

それと掠れた女の人の声が聞こえたのは同時だった。

ぬっと、車の後ろから声とともに顔が現れる。髪の毛が風に揺られて後ろになびきながら、ばっくりと開いた大きな口が見える。いや、違う。顔には口だけしかない。そんな不気味な化け物がドン！　と、窓を叩く。

蜘蛛の脚みたいに化け物の細い指が窓いっぱいに広がる。

『見えテるんでしょ？』

「ふぎゃあああ⁉」

化け物と目が合った俺が悲鳴をあげるのと、ソイツが発火するのは同時だった。

火だるまになった化け物が車から剝がれ落ちる。思わず振り向くと、化け物の身体は数回アスファルトの上をバウンドすると、炎にもがき苦しんでいるようだった。

『ぎゃああああああ！』

だが、通行人も他の車もそれを気にしている様子はない。

……見えてない？

俺が不思議に思っているとお化けの身体はぐずぐずと崩れて、黒い霧になって消えていった。

その一部始終を見ていた俺は思わず父親の方を見た。

何故か。決まっている。

あのお化けを燃やしたのは父親だからだ。

窓に張り付いた瞬間に、父親の方から半透明の糸みたいなものが伸びて、それが化け物を包んだ瞬間に燃えたのだ。

魔法だ。

俺は生まれて初めて見るそれに思わず目を奪われた。張り付いていた化け物のことなんて忘れてしまうほどに。

「イツキ。なんともなかったか？」

「パパ！　すごい！」

「わはは。すごいだろう。こう見えてもパパは強い祓魔師で……」

「パパが糸伸ばしてた！　それで燃えた！」

「……むッ⁉　今のが見えたのか！」

俺が目の色を変えてそう言うと、父親は顔色を変えた。

「き、聞いたか楓ッ⁉　イツキは他人の『導糸』が見えてるぞッ！　『真眼』持ちだッ！」

「……い、イツキ。本当に見えたの？」

母親が勢いよく振り向いて、そう聞いてくる。

導糸が何かは良く分からないが、さっき父親から伸びていた糸がそうなら、間違いなく見えていた。

「うん。見えたよ！」

「て、天才だ。イツキは天才なのかも知れんッ！」

父親がやけに盛り上がっているが、これはいつものことである。

というか糸が見えただけで、そんなに盛り上がっているのが良く分からなかったので、父親に尋(たず)ねた。

「パパ。しるべいとって何？」

「イツキ。さっきお化けが急に燃えただろう？」

「うん。火がでてた」

「あれが魔法(まほう)だ。その魔法(まほう)を使うには導糸(シルベイト)が必要なのだ」

「さっきの糸？」

「そうだ」

父親に言われて俺は確信した。

やっぱりさっきお化けが燃えるときに父親が使っていた半透明(とうめい)の糸が導糸(シルベイト)なんだ。だが、それが見えたからって何があるんだろう。

「見えたらダメなの？」

「まさか！　ただ、普通(ふつう)は他人の導糸(シルベイト)を魔法(まほう)なしに見ることは出来ないのだ。だからこそ、その真眼(しんがん)を喉(のど)から手が出るほど欲(ほ)しがる祓魔師(ふつまし)は溢(あふ)れるほどいる。しかし……」

「むー？」

「その眼(め)は努力では手に入らない。天性のものなのだ。イツキ！　お前はすごいぞッ！」

「わっ！」

急に褒(ほ)められて、思わずパンを落としそうになった。

そこからは化け物に襲われることなく首都高を走り抜けて、東京を抜けて北の方に向かうこと数時間。

「皆様、到着いたしました」

「うむ。ご苦労」

途中でトイレ休憩なんかを挟みながらも、運転しっぱなしだった運転手さんが車を停めたのはこれまた大きな門の前。

この門、ウチよりデカくない……？

そもそも家の前に門を構える時点で一般人からはかけ離れた財力があることは間違いないのだが、一口に同じ門とはいってもその大きさで財力の格差を感じざるを得ない。

「イツキ、初めての車はどうだった？」

「楽しかった！」

「そうか。お前が五歳を迎えれば、また乗れる日も来るだろう」

何なんだよ、その七五三のたびに何かが来る方式。

「つぎ五歳？　どして？」

「『廻術』が使えないと、外には出られない。廻術というのはな……簡単に言えば魔力を操る技術のことだな。これがないと〝魔〟に喰われる。危険なのだ」

「パパがつかってた魔法とは違うの？」

「その手前の技術だな。廻術は身体の中の魔力を操る。その後、魔力を身体の外に出す『絲術』という技を学び、晴れて魔法が使えるようになるのだ」

「むっ……」

きゅ、急に難しくなってきたぞ魔法が。

カイジュツにシジュツ……？

何が何だか全然分からん。魔法はもっと簡単に使えると思ってたんだけど……。

俺が顔を曇らせていると、父親が大きく笑った。

「わはは、そう急くな。廻術の練習を始めるのはこれから。ゆっくり時間をかけて、五歳までに使えるようになれば良いのだ。すぐに使えるようになる必要はないぞ」

「四歳で廻術が使えたら外でれるー？」

廻術と言いたかったのだが、上手く呂律が回らなかった。だが、父親にはちゃんと伝わったみたいで、「おっ」と片眉を上げた。

「そうだな、使えるようになればだが」

そして、俺を抱きかかえた。

「聞いたか楓！　イツキはもう廻術を学ぶ気だぞ」

「えぇ、聞いていましたよ。あなたがイツキに熱をあげるのも分かりますけど。あまりイツキに詰め込みすぎてはダメですよ」

「う、うむ。分かっている……。だが、楓。イツキは生まれて一月でおぼろげだが廻術を使っていた天才だからな……」

「もう。そんなのたまたまじゃないですか。それに、あまりに持ち上げては他の家の方に笑われますよ？」

「……む。だが、いや、しかし、イツキは天才だと思うのだが………」

我がお母様は、ヤクザもかくやという父親と違って細身の日本美人という出で立ちなんだけど、そんな女性に父親が丸め込まれているのを見ると人って本当に見た目によらないんだな、と思う。

というか、さらっと話が流れてしまったが廻術はずっと俺が使ってきたやつだよな？

意図的に魔喰いを起こしたり、逆に魔力を身体に溜め込むために身体の魔力はずっと動かし続けてきた。父親の言っていることから考えるに、あれが廻術だろう。

なんということだ。俺はいつの間にか魔法を使うためのファーストステップを乗り越えていたのだ。

俺が意外に思ったのは、魔力を身体の外に出す方法が『あれ』以外にあったということだ。知らなかった。ずっと、うんちをすることだけが魔力を身体の外に出す方法とばかりに。

しかし、冷静に考えてみれば魔法を使うときに魔力を使うのなら、身体の外に出す方法があることくらい普通に思いつくな。なんで俺はあんなにうんちにこだわってたんだ……。

俺は自分の二年間にショックを受けながら神在月家の門をくぐると、立派な階段が出迎えてくれた。

……門の先に石階段？

先にあったのは神社の入り口みたいな階段。どんな家なんだ、神在月家。

俺がそれにビビっていると、横から母親が優しく語りかけてきた。

「イツキは石の階段見るの初めてだもんね。びっくりしたでしょ。ひとりで上れるかな？」

「のぼれる！」

母親から心配の声をかけられたので、俺は勢いよく頷いた。

しかし、こんな立派な家の門をくぐるときにうんちのことを考えていたのは多分俺が最初で最後だ。心の中で謝っておこう。

「イツキ。この七五三にはお前以外にも他の家の子どもが来ている。仲良くできるか？」

「うん！　仲良くする」

階段を上りながら頷いたが……正直、気後れする。だって、人見知りだし。いや、相手は俺と同じ三歳の子か。だったら緊張するのも変な話だな。

他の家ってのは間違いなく祓魔師の家の子で、魔喰いを乗り越えたってことになる。どんな子が来るんだろう？

わんぱくキッズだったりするのかな。可愛い子だったらちょっと嬉しいけど。

「確か今回いらっしゃるのは皐月家と霜月家ですよね？」

「あぁ。霜月家がイツキと同じ早生まれだから、皐月家だけ歳下になるな」

「流石に三家とも同い歳とはいかないんですね」

「そうだな。それに両家とも女の子だ」

「そう、ですか。まだ男の子には恵まれていらっしゃらないのですね……」

「側室を入れるか、養子を入れるという話も出ているらしい」

「大変ですね」

石階段を上っている俺を挟んで大人の会話が繰り広げられる。

やってくるのは二人で、二人とも女の子か……。別に相手が女の子だからと気後れするわけではない。どちらかというと、俺が気になっているのは母親の『男の子には恵まれていない』という言葉の方だ。

祓魔師は基本的に男尊女卑。というか、家父長制と言ったほうが正しいかもしれない。つまり、昔の日本のしきたりを色濃く残しているのだ。だから家を継ぐのは基本的に長男。女の子だと継げないらしい。

というか……いま父親は側室って言わなかった？　側室ってあれだよな。本妻とは別の奥さんのことだよな……？　重婚すんの……？

生まれてこの方、彼女どころか母親以外の女の人と手を繋いだことすらない俺からすれば信じられない概念だ。というか現代の日本でそんなことやってもいいの？　犯罪じゃない？

そんな悶々としたものを抱えながら、俺は最後の階段を飛び越える。

「さいごー！」

俺が頂上を踏んだ瞬間、目の前に運転手とは別の黒いスーツを着た男性が立っていた。運転手の人は若かったけど、こっちの人はちょっと年寄りだ。

「お待ちしておりました如月家の皆様。既に皐月家、霜月家の方々がお待ちです」

「すまぬ。急ぐか、イツキ」

どうやら俺たちが最後だったみたいで、父親の足が少し急ぐ。俺も遅刻したみたいでバツが悪いので、早歩きだ。

大きな屋敷と、その入り口までつながる石畳から外れて黒スーツの人は庭の奥へと進みだす。

「こちらです」

「なにするのー？」

「魔力総量の測定です。これは神在月家の当主しか出来ぬことですから」

いや、具体的には何を……。という俺の質問が入るよりも先に、目的の場所が見えてきた。

木組みかつ、四角形の台座。その中心では炎が燃え盛っている。

キャンプファイヤーみたいだな、と一瞬思ってしまった。でも、どっちかって言うとお焚き上げの方が雰囲気近いな。

とにかく、そんな感じで燃えている台座の周りには二つの家族が立っていた。

「遅いぞ、宗一郎」

「おう、やっと来たか。待ちくたびれたぜ」

父親を呼び捨てにしたのは、細身の男性。顔にはにこやかな笑みが浮かんでいるが、その顔には父親に負けず劣らずの大きな切り傷の痕が縦に入っている。祓魔師だ。そんな男の人の陰に隠れるようにして、小さな女の子が俺のことをじぃっと見ていた。

長い髪の毛が日本人形みたいな女の子で、俺が思わずじぃっと見つめ返すとさっと陰に隠れてしまった。さては人見知りだな。俺もだよ。

一方で、言葉使いが雑というか粗野な男の人もひと目見て祓魔師と分かる体格をしている。その肩にはこれまた女の子が肩車されているが、人見知りの子と違って父親の髪の毛を引っ張って遊んでいた。こっちは陽キャな気がする。怖い。

現世で初めて見る同世代の子たちをそうやって見ていると、さっきまで聞こえなかった女の人の声が俺たちの間を抜けた。

「おうおう、よう集まってくれたの。三家とも」

巫女のような服を着た金髪の女性が現れた瞬間、父親たち祓魔師の身体が強張ったのが分かった。偉い人？

「早速じゃが始めてしまおう。午後からは月なしの者も控えておるからの。順番は到着した順で良かろうて。おい、霜月の」

「アヤ。こっちおいで」

一切の説明なしに金髪の女の人が偉そうに命令する。だがそれに誰も説明を求めることをせず、人見知りの女の子が縦傷の人に抱き上げられる。そして、その横にいた母親っぽい人が髪の毛を少しだけ切った。

もしかして、何も知らされてないのって俺だけ？

「火に焚べよ」

「はい」

そして、そのまま中央のお焚き台っぽい炎の中に髪を投げ入れた。

次の瞬間、ごう！　と、炎が燃え上がる。急に勢いを増した炎は二階建ての建物くらい燃え上がった。あっついな！

前髪が舞い上がるくらいの火力に俺が圧倒されていると、金髪の女の人は笑った。

「悪くないの。『第三階位』といったところか」

「ありがとうございます。……良かったね、アヤ」

縦傷の男性は礼をすると、そっと女の子の頭を撫でていた。なるほど。炎の大きさでどれくらいか判定しているのか。

……もっと分かりやすくならない？

「次、皐月の」

「ほら、リンちゃん。下りて」

「やーっ！」

肩車されている女の子が、男の人の上で暴れる。肩車したままの男の人はそれに笑いながら、隣に立っている女性に話しかけた。

「分かった分かった。乗ったままで良いからね。ママ、お願い」

「はいはい」

しょうがないなぁ、と言いたげな女の人がリンちゃんの髪の毛を少しだけ切ると、同じようにに火に焚べた。

ドゥッツツ！

その瞬間、同じように炎が舞い上がったが、大きさはアヤちゃんの二倍くらい。信じられないほどの火の量だ。熱くて、眼が乾く。やっぱり、それだけ魔力を持ってるってことか。

「ほう。皐月のは『第四階位』かの。今年は恵まれとるの」

にこやかな表情を浮かべながら、金髪の女性は明るげに言った。

「最後。如月の」

「はいっ！」

俺しか残っていなかったので勢いよく挨拶をすると、金髪の女性が肩を揺らして笑った。む。恥ずかしい。

「イツキ。髪を切るぞ」

「うん」

父親がそう言って俺の髪に手をあてた。じょき、と髪の毛が切れる音が耳に響く。その音を聞いた瞬間に、俺は自分の心臓が否応なく速まっていくのを感じた。緊張しているのだ。なんで緊張してるんだろうと思ってみれば、この七五三は俺がこれまでトレーニングしてきた結果が目に見える形で分かるからだ。そう、俺はこの三年。魔力を増やすために努力をしてきた。祓魔師として死なないために。強くなるために。

その結果が炎の大きさという形で、可視化される。

前世を全て惰性で生きてきた俺からすれば、そんな経験は初めてだ。受験のときだって、こんなに緊張はしなかった。ドクンドクンという心臓の音は加速して、今はドッドッと短く早鐘のように鳴っている。ぎゅうっと心臓が握られているかのような感覚がする。父親が台に近づく。

……成長しててくれ。

胸の中で小さく祈る。

そして、父親がその髪の毛を火に焚べた瞬間、ドォォオオンンンンッッッッツツツツツツツツ!!!!!!!!

大爆発が起きた。

「うおッ!」

「わぷっ!」

花火大会を間近で見たときみたいな、腹の底に響く重低音。そして、吹き荒れる火柱。あまりの勢いに思わず目を瞑ってしまったが、いつまで経っても炎は俺のところまでやってこない。恐る恐る目を開けると目の前に透明な壁があって、炎が遮られている。そして、その壁を作っているのは父親だ。手からは導糸が伸びているし。

「む? イツキ、いまパパと言ったか?」

髪の毛を火に焚べてから爆発するまでの一瞬で壁を作ったんだ……!

「ううん……」

言ってないが。

「そうか、聞き間違いか。しかし……一体、どれだけの魔力を持っているのだ……」

俺の髪の毛を焚べられた炎は、首が痛くなるほど天高く上がっており、皐月家や霜月家のお嬢様たちと違って、時間が経っても一向に火は落ち着かない。むしろ、火力が増しているんじゃないかと思ってしまうほどだ。

……こんなの予想外だ。

いや、そりゃあ俺だって魔力を増やそうと頑張ったんだから、人より魔力量は増えてて欲しいと思ったし、増えてないと困ると思ってたよ。増えてなかったらガチ凹みするくらいには、毎日毎日ちゃんとやってたよ。

でも、こんなことになるとは思わなかった。

呆気に取られているのは俺と父親だけじゃない。火が爆発した瞬間に、とっさに俺に覆いかぶさった母親や、父親と同じように壁を張っている皐月家、霜月家の人たちも、ただ炎の柱を眺めている。

一体いつになったら火が消えるんだろうと思って眺めていると、次の瞬間にまるで水でもかけたかのように炎が消えた。

「意地が悪いのう、如月の。お主、これが分かってるから最後に来たんかの？」

「ま、まさか。イツキが天才だとは思っていましたが、ここまでとは……」

神在月の金髪女性に敬語で答える父親。さらっと親バカだが、そこは置いておくとしてもやっぱり、この人もしかしてめちゃくちゃ偉い人……？

俺が勝手に戦々恐々としていると、女の人は口角をにやりと吊り上げて笑った。

「炎が収まらぬということは問答無用で『第七階位』じゃの。今年は豊作じゃ。いや、豊作ではとどまらんかの。まさか、数百年に一度の天才と出会えるとは」

その言葉を聞いた皐月家と霜月家の家族は急に息巻いた。

「な……ッ!?　第七階位なんて伝説でしょう！」

「……いや、見れば分かる。規格外だ」

祓魔師たちは消えた炎の幻でも見ているかのように、どこか上ずった声でそう言うと、

「とんでもないものを隠していたな、宗一郎」

「俺ァ、お前のことをただの親バカだと思ってたぜ」

笑いながら父親の肩を叩いた。それに満更でもなさそうな様子で父親が返すのを見つつ、俺は自分の魔力量について考えた。

どうやら第七階位というのが俺の魔力量っぽいのだが、全くもって量の基準が分からない。さっき見た皐月家のリンちゃんが第四階位だったと思うけど、炎の量は全然違った。それなのに三つしか階位が違わないのか。どうやって測ってるんだ？

その辺が全然分からないので、俺は未だ心ここにあらずといった様子の母親の腕を引いた。

「ママ。第七階位ってなに？」

「ん？　如月の。お主、まだ子どもに教えておらんかったのか」

母親に聞いたのに、返ってきたのは神在月家の金髪女性から。

しかし、教えてもらえるなら母親でも金髪巫女でも、どっちでも良いので俺は首を縦に振る。

「教えてやろう。魔力の総量は祓魔師の力量に直結する。故に、我らは第一階位から第六階位という六段階で魔力量を測る」

「……ろく？」

俺は、七だけど……？

「おん。如月の、祓魔師は生まれてから死ぬまで魔力量が変わらぬことは知っておるじゃろう。故に、祓魔師たちはこの六段階の階位と死ぬまで付き合うことになる。この階位だがの、一つ上がるたびに魔力量は約三十倍になると思え」

「……う？」

「はるか昔にの、神在月が生み出したのよ。人の魔力量を導き出す技を。ま、詳しいことは考えなくて良かろ。階位が二つ上がれば量は九百倍になると思えば良い」

ほぇ。第二階位は第一階位の大体三十倍で第三階位は第一階位の九百倍……？

なんか変な刻み方をするんだな。

「多くの祓魔師は第一階位か第二階位。稀に第三階位や、第四階位という天才が生まれる。第五階位以上は十数年に一度しか生まれぬものよ」

第三階位や第四階位で天才……ということは、俺より先に測定をしたリンちゃんやアヤちゃんも天才ってことか。なるほど。

だから、全部の測定が終わったタイミングで『今年は豊作』なんて言葉が出てきたんだ。

さらに言えば、俺とリンちゃんの差は三十に九百をかけるから……ざっくり三万倍か。いや、本当にそんな魔力量の差があるの？　ちょっと信じられないぞ。

俺が頭の中で数字をこねくり回していると、ふと父親の魔力量について疑問が高まってきたので、ちらりと顔を見る。

すると、勢いよく胸を張って教えてくれた。

「パパは第五階位だぞ！」

「その通り。宗一郎は第五階位。これですら十数年に一人の逸材じゃ」

まじかよ。うちのパパすごすぎだろ……。

俺が思わぬ情報に呑み込まれていると、金髪巫女はさらに続けた。

「しかしの……極稀に、数百年に一度。信じられぬほどの魔力を持って生まれる者がおる。我らの魔法を使っても総量を測り切れぬ規格外の化け物たち。そういった規格外のために用意されたのが『第七階位』。底なしの魔力を持つ者たちよ。しかし、そうか。第七階位か。うむ、これは眼福眼福」

「……うゆ」

ぎゅ、と手を握りしめる。だって、嬉しかったから。

じわじわと言葉にできない達成感が心の中を埋め尽くした。だって三年間もずっと訓練してきたのだ。三年間だ。どんなときも休まずにやってきたトレーニングが、こうして報われたのだ。嬉しくないわけがないじゃないか。

確かにちょっとやりすぎたかも知れないけど、魔力量は祓魔師としての力に直結するって父親も金髪巫女さんも言ってたし、これくらいでちょうど良いと思ってる。

　何しろ前世の俺はモンスターはおろか、喧嘩とも無縁の生活を送っていたのだ。それが修行やら魔法の力を借りたとしても、死亡率の高い祓魔師として生きていくなら、やりすぎなくらい強くなる必要がある。そうしないと、死ぬ。

　俺はもう死にたくない。

「この逸材、亡くすには惜しい。しかと守れよ、宗一郎」

「無論です」

「うむ。良き返事じゃ」

　未だ敬語で喋る父親に慣れないなぁと思っていると、金髪の巫女さんは腰をかがめて俺と視線を合わせた。

「童、名は？」

「イツキ！」

「そうか、イツキ。この札を持っておけ」

　そう言うと、白い巫女装束の胸元から一枚の御札を取り出して俺に手渡してきた。

「これなに？」

「これはの、破魔札と呼ぶ。弱い〝魔〟であればこれだけで祓える。強い魔術の込められた札よ。肌身離さず持っておけ」

「うん。分かった！」

俺は巫女さんから破魔札を受け取ると、母親から肩をつつかれた。

「イツキ。人から物をもらったときはなんて言うの？」

「ありがとうございます！」

「良き返事じゃ」

巫女さんはけらけらと笑いながら、続けた。

「良いか、イツキ。その札は何があっても一度はお主を守る。死にたくなくば、くれぐれも離すんじゃないぞ」

……なんか不穏な言葉が聞こえたぞ？

「あ、あの！」

「なんじゃ」

「なんで札持ってないと死んじゃうの？」

「普通の結界であれば第六階位までの魔力は隠し通せる。しかしの、第七階位の出力は普通の結界を通り抜け〝魔〟に筒抜けになる。じゃからの、イツキ。お前が魔法を使うのであれば多くの〝魔〟に狙われることになる」

「えっ」

「そりゃそうじゃろう。〝魔〟は人の魔力に集まる。それだけ多くの魔力を持っておるのであればこそ、〝魔〟に狙われるのは道理と言えよう」

ちょ、ちょっと!? 死なないために魔力を増やしたんだけど！ それだと本末転倒じゃん！

「その札はお前の命を守る生命線。良いか、何があっても捨てるでないぞ」

「う、うん……」

俺は自分の顔から血の気が引いていくのを感じながら父親のところに駆け寄った。

「パパ！」

「そう不安がるな。パパは何があってもイツキを守るぞ！」

笑顔で父親が俺を抱きかかえる。抱きかかえるのだが、それではダメだ。いつまでも守られる立場のままでは。

それだと何かあったときに戦えない。何歳だろうとそれは関係ない。だって俺は前世で大人のときに通り魔に刺されて死んでいるのだから。まずは何よりも自分を守る力を身に付けないといけない。

だから俺は父親の胸に抱き抱えられた状態で言った。

「パパ！ 魔法を教えて！」

第四章　特訓　——魔法の使い方——

「イッキ。準備は良いか」

「うん！　できてる！」

　七五三の翌朝。俺は子ども用の道着に着替えて、道場で父親と二人で向かいあっていた。七五三の場で魔法を教えてくれと父親に頼み込んだ俺だったが、父親は父親で七五三が終われば俺に魔法を教えるつもりだったらしい。なので、話はとんとん拍子に進んだ。

　ちなみにだがこの道場とは如月家の中にある道場で、今まで母親から立ち寄らないように言われていたものだ。マジでどんな家なんだよ。

「よし、良い挨拶だ。今日からお前に魔法を教えるにあたって、一つのことを守ってもらう」

「うゆ？」

「パパが魔法を教えている間は、パパのことを師匠と呼ぶのだ」

　おお。なんかそれっぽい！

　当たり前だが道着に着替えているのは俺だけじゃない。筋骨隆々の父親も真っ白い道着に着替えて俺の前に座っている。そんな父親のことを師匠と呼ぶなんてまさに『それっぽい』。

前世では体育会系どころか部活もまともに入らず帰宅部で過ごしてきた俺にとっては初めての経験で、テンションの上がったまま口を開いた。

「師匠！」

「……む」

せっかく呼んだのに師匠の顔色は優れない。なんでだ。

「やめておこう。師匠ではなく、パパと呼びなさい」

「う！」

何だったんだ、今の。

「では、これから魔法の練習を始める。最初にやるのは『廻術』だ。まずは、へその下に意識を向けるのだ」

「……うゆ」

へその下というと、アレか。何もしてないと勝手に魔力が溜まるところだ。どうしてここに溜まるのかは分からないが、これは俺が生まれたばっかりのときからずっとそうだ。恐らくだけど、ここに魔力の『器』がある。

「お腹のあついところ？」

「そうだ。そこを丹田と呼ぶ」

へぇ、ここが！

名前くらいは聞いたことがあったが、実際はどこにあるのかは知らない存在だ。知識が現実とリンクする気持ち良さを覚えていると、父親が続けた。

「そこにある熱を全身に行き渡らせる術を廻術と呼ぶのだ」

「うゅ」

「最初はできないと思うが気にするな。これは普通の祓魔師であれば五歳までには覚える。今日、明日で出来るものではない。だから、今日は全身の魔力を知覚するところから……」

「ぼく、できるよ！」

「むっ⁉」

「ほら！」

俺はそう言って父親にお腹を見せる。ただ、これを『出来る』というのは少し語弊があるな。何しろ元から使っていたんだし。

「ほ、本当に全身に行き渡っているのか⁉　指の先とか、髪の毛の先とか、そういうところにもだぞ？」

「うん。できてるよ」

俺は全身に魔力を回した状態……廻術を使った状態で、父親に手を差し出す。父親はやや呆気に取られた様子で俺の手を握ると「ぷにぷにだな」と呟いた。

今いる？　その情報。

そんな父親は、しばらく俺の手を触っていたが信じられないといった表情で頷いた。

「……む。本当だ。できている」

「髪の毛もできてるよ？」

俺がそう言って頭を差し出すと、父親が反射的に撫でてくる。いや、そうじゃくて。

しばらくの間、頭を触っていた父親だったが髪の毛の一本一本に魔力が通っていることを感じ取ると、勢いよく立ち上がった。

「か、楓！　大変だッ！　イツキが天才だぞ！」

そして、そのままの勢いで大声を出して母親の方に行ってしまった。

師匠、修行は？

俺が困惑したのもつかの間、足音が二倍になって戻ってくる。

「どうしたんですか、宗一郎さん。イツキは第七階位なのですよ。天才なのは今に始まったことじゃないでしょう」

「ち、違う！　そうではない！　そうなのだが、そうではないのだ。イツキは教えてすぐに廻術を使ったのだ」

「えぇっ⁉」

父親の声は相変わらずでかいのだが、戻ってきた母親の声もそれに負けず劣らずでかい。

「い、イツキ！　本当に廻術が使えたの⁉」

「うん。使えたよ！　ほら！」

俺は母親に全身を見せるべく両手を広げる。そんな俺を前にして、母親は恐る恐るといった様子で俺を抱き上げた。

「……本当にできてる」

ぽつりと漏らしたのは母親だが、そんな二人の魔力測定のやり方を前にして分かったことがある。どうやら、父親も母親も全身に魔力が行き渡っているかを触って感じ取ってるっぽい。

そういえば、俺が生まれて初めて父親に抱っこされたときも、身体の中にあったかいものがあると思ったっけ。そう考えれば触って魔力を感じ取るのは祓魔師として普通なのかも。

「さ、三歳で廻術を使えるなんて聞いたことがないぞ！　これは如月家どころか、祓魔師の歴史上見たことがない天才かもしれん！」

あ、やばい。父親の親バカスイッチが入りつつある。

一度スイッチが入ると、しばらく俺のことをずっと褒め続けるのでこのままでは魔法の練習にならない。だから俺は父親の道着を引っ張ってから、言った。

「ねぇ、廻術が使えたら次は絲術だよ」

「あぁ、絲術だな……」

俺の横槍によって強制的に親バカスイッチがオフになった父親は座り込みながら続けた。

「イツキ、手を伸ばせ。手のひらに魔力を集めるのだ」

俺は全身に行き渡らせた魔力を、今度は右の手のひらに集めた。

ぎゅっ、と全身に行き渡っていた魔力が一箇所に集まって、圧倒的な熱になる。

「集めた魔力を『糸』のようにして外に出すのだ」

「……む」

そう言われ俺は手のひらに集めた魔力を細く細く捻って外に出るように動かしたのだが……。

「どうだ？」

「……むむむ」

出ない。全くもって外に出ない。

手の中でがっちりと、石みたいに魔力が固まってしまっていて外に出ないのだ。

「わはは。流石に絲術はすぐには使えぬか」

「も一回やるの！」

「うむ。時間はいくらでもある。出るまでやってみよ」

俺は手のひらの中で固まってしまった魔力を溶くと、全身に行き渡らせる。行き詰まったときはリセットだ。深呼吸。再び手のひらに魔力を集める。

「どうだ？」

「むー……」

手のひら自体には魔力が来ている。ここまでは出来るのだが、外には出ない。

俺は父親からのアドバイスを受けつつ数十分ほど練習していたが、それでも全然上手くいかずに思わず横になった。

そんな俺の様子を見て、父親が優しく口を開いた。

「絲術は本来、五歳から七歳にかけて学ぶ技術だ。三歳のイツキが使えなくても、何も問題はない。焦らず、ゆっくりやっていこう。そうだな。今日の練習はここまでだ」

俺が完全に煮詰まってしまったのを感じ取った父親が本日の修行を終わらせた。

なるほど、絲術は二年間かけて学ぶ技術なのか。

そりゃ今すぐできなくても良いや……なんて、そうはならんだろ。

他の祓魔師はそれで良いかも知れない。だけど俺の魔力量は第七階位。人より魔力量が多いのだ。だからモンスターに狙われやすい。父親も、神在月家の人もそう言ってた。

だったら他の祓魔師と同じことをやっていてはダメなのだ。ただでさえ普通の祓魔師は死にやすい。だから同じことを他の祓魔師より狙われやすい俺がやっては、すぐに殺される。

……どうにかしないと。

父親が道着から着替えるのに合わせて、俺もそれに合わせて着替える。

「イツキ。実はな、パパは明日から仕事なのだ」

「えっ」

「昨日今日休んだ分が溜まっていてな」

祓魔師って二日も休めないの？

「だから、明日から魔法の練習をするなら夕方とかになるが……我慢できるか？」

「んっ！」

「良い子だ」

父親に頭を撫でられるが、前世の俺は社会人。無理を言っても仕事がどうにもならないことくらい分かっている。

けど……そうか。いないのか、家に。

「パパがいなくて寂しいと思うが、ママを支えるんだぞ。男の子だからな」

「まかせて！」

俺はそう返事しながら、言葉にせずに決意した。

父親がいないのなら――自主練をするしかないよな。

そういうわけで、俺は絲術の自主練に取り掛かることにした。

取り掛かると言っても、まずは身体の外に魔力を出さないと話にならない。なので俺は魔力を外に出すことを目標に魔力を手に集めたり、髪の毛の先に集めたり、口の中に集めたりと、あらゆる方法を模索した。

しかし、これが全くもって上手くいかない。

身体の外に出すだけなんて簡単だろ……と、思っていたのだが本当にできないのだ。

寝ても覚めても風呂やトイレですらやってみたのだが、魔力が外に出るのは俺が身体の外に何かを出そうとするときだけ。

そうやって進展があるのか無いのか分からない練習を続けて……一ヶ月くらい経ったときのこと。俺の部屋で珍しく母親がスマホを触ると、ぱっと顔を上げて教えてくれた。

「明日、パパお仕事なんですって」

「えっ⁉ 休みって言ってたよ？」

「それがね、急なお仕事が入ったって」

母親からそう言われてしまって、俺は思わず閉口した。

祓魔師の仕事は突発的に入ってくる。それはこれまでの経験として知っていたけど……。

「一緒に魔法の練習するって言ったのに……」

「パパもね、それをすごい気にしてたからね。お友達に頼んだみたいなの」

「お友達？」

「そう。明日、お家に来てイツキに魔法を教えてくれるんだって！」

「む……」

父親の友人なんて生まれてこの方出会ったことがない。出会ったことがないから、初対面ともないか。ちゃんと学ぼう。

だが父親の知り合いで魔法を教えてくれるとなれば祓魔師の人だろうし、気後れしている暇

いうことになる。き、気後れする……。

そういうわけで気合いを入れ直した次の日。

ウチにやってきてくれたのは、霜月家の当主だった。

長身細身のイケメン。身長が百八十五センチもある父親よりもさらに背が高く、乱雑な黒髪と父親と同い歳と思えないほどに若い顔は大学生と言っても通用しそうだ。

顔に切り傷が入っていなければ、だが。

祓魔師だから傷が入っているのは仕方ないとはいえ、普通に怖い。街中ですれ違うくらいだと、その筋の人だと勘違いされそうな容姿だが……なんと初対面ではない。

そう、やってきてくれたのは七五三で出会った人だったのだ。

名前はレンジさんというらしい。どういう漢字を書くんだろうか？　ちなみにだが、霜月家の日本人形っぽい女の子……アヤちゃんも一緒にやってきてくれた。

やってきてくれたのだが……。

「アヤ。イツキくんに挨拶は？」

「…………」

「ごめんね。アヤは人見知りなんだ」

アヤちゃんはすっかりレンジさんの後ろに隠れてしまって出てこない。

な、なんか嫌われてるみたいで辛いな……。

「じゃあ、早速だけど魔法の練習しよっか。宗一郎から聞いたけど、イツキくんはもう絲術の練習をしているんだっけ？」

「うん！　でも、全然できなくて……」

「そりゃ絲術は五歳からやる技だからね。三歳なら出来なくてもおかしくないよ」

そう言って目を細めて笑うレンジさん。切り傷と相まって信じられないくらい怖い。父親に慣れていなかったら泣いてしまうところだった。

「でも、早く覚えられるならそれに越したことはないかな。導糸を同時に出せる数が同時に魔法を使える数になる。だから、早く身体に導糸を操る感覚を刻んだ方が良いんだ。何本も使えるってことは、それだけ手数が増えるってことだからね」

そこまで言ったレンジさんは「けど」と続けた。

「多く出せるってことはそれだけ魔力切れになりやすいってことなんだ。ここらへんは一長一短かな。あぁ、一長一短って分かる？」

「うゆ」

「君は賢いね。話を戻すと、普通の祓魔師は三から四本くらいの導糸を同時に操る。それ以上は魔力消費の観点から効率が良くないんだよ。でも、イツキくんは第七階位だから関係ないのかな？」

「レンジさんは何本出せるの？」

「最大で十二本くらいかな。でも、普通はそんなに使わないよ。使う意味もないしね」

「そうなんだ……」

「ま、今からそんな話をしてもアレだから。絲術の練習を始めようか」

　レンジさんはそう言いながら、アヤちゃんを引き離して俺の隣に座らせた。

「宗一郎も言っていると思うけど廻術も絲術も魔法を使うための前段階だ。これを覚えて初めて魔法の練習に移れる。アヤもイツキくんを見習って魔法の練習をしよっか」

「……うん」

　短く返事するアヤちゃんだったが、その顔は俺の方を全然見てくれない。

「じゃあ、まずは廻術からだ。魔力を全身に回して」

「ん！」

　俺は言われるがままに魔力を動かす。これは父親と練習するときもやるが、魔法を使う前の準備運動だ。魔力操作をするときに急激に慣れないことをすると、思ったように魔力が動かなかったりとかミスをしたりとか、そんなことになるらしい。

　運動選手が試合前にアップするのと同じこと、という風に説明されたので『そういうものなんだろう』と理解している。

「……本当に廻術が使えるんだね」

「うん。使えるよ！」

俺が廻術を使うや否や、それを聞いていたレンジさんがやや驚きながら呟いた。レンジさんはそのまま視線を俺の横に移して、アヤちゃんを見た。

「アヤは？」

「……むり」

髪の毛に隠れてよく見えないが、アヤちゃんは少し力んだ表情をしつつも……その表情からはあまり上手くいっているようには見えない。

「アヤはいつものように、まずは魔力を感じとれるようになること。イツキくんは絲術の練習に移ろうか」

レンジさんはそう言うと、俺の前にずい、と出てきた。

うーん？　レンジさんの言い方的にアヤちゃんはまだ魔力を感じ取ることができないのか。そっちが普通なのかな。

「イツキくんが今の時点でどれくらい使えるか見たいから絲術を使ってみてくれる？」

「……ん！」

言われるがままに俺は魔力を手のひらに集めるが、糸にはならない。そんな俺の手のひらを触りながら、レンジさんは渋い顔をした。

「魔力操作は三歳とは思えないね。でも、外には出せないのか……」

「うん。どうやってもできないの」

俺はレンジさんにそう説明したのだがこれは嘘である。魔法の練習を始めてから一ヶ月の間で、実は一度だけ成功しているのだ。しかし、それは手から出たわけじゃない。

俺が初めて綵術に成功したのはお尻からである。

綵術というのが魔力を外に出して制御する技法ということは分かっていたので、とにかく魔力を外に出そうとするべく例の排泄トレーニングで魔力を外に出したのだ。

で、それを捻ってみれば生まれて初めての綵術が大成功というわけである。大成功というわけなのだが、こんなことを両親に言えるだろうか？　言えるわけがない。

俺のことを天才だなんだとおだててくれている両親に、初めての綵術がお尻から出せたなど、どんな顔をして話せば良いのだ。

だから俺はまだ綵術は成功していないことになっているし、そもそも俺もあれを成功だとは言いたくない。

なので俺は『できていない』ということで通しているのだ。

「うーん。外に出た魔力を制御できないってのはよく聞くんだけど、そもそも外に出ないのってのは聞いたことがないなぁ」

「え？」

「うん？　宗一郎から聞いてないの？　普通、絲術の練習といったら魔力を糸にする訓練なんだよ。魔力は外に出せるけど、外に出した魔力を操れないのが普通だからね。だから、イツキくんは……うーん。どう教えようかな」

そう言って考え込むレンジさんだが、俺は思わず待ったをかけた。

「レンジさん！　魔力って身体のどこからでるの？」

「全身からだよ。むしろ出ないとどうやっても導糸は作れないでしょ」

レンジさんはそう言いながら手のひらを俺に見せてきた。

「イツキくんは『真眼』を持ってるんだっけ？　だったら、これでどうかな。見えるかな」

「うん。見えてる」

レンジさんはそう言いながら、手のひらから伸ばした導糸を見せてくれた。

……どうやってんだ？　俺は思わず首を傾げた。なんで穴も無いのに身体の中から魔力が出るのか。そもそもどうやって出してるんだよ、それ。

「あれ？　もしかしてイツキくんって魔力が身体の中にあるから外に出ないと思ってる？」

「う、うん」

お尻から出るのは知ってるんだけども。

「魔力ってすごく小さいでしょ？　だから、身体の中から出てくるんだよ。ほら、汗も身体から出てくるでしょ？　それと一緒だよ」

「……うーん？」

分かったような、分からないような。

そんな半端なことを思いながら、俺は手のひらに集めた魔力にゆっくりと意識を向けた。そこには俺の魔力が固まって、熱になっている。

もしかしてなのだが……イメージの仕方が違うんじゃないだろうか。父親からもレンジさんからも手に魔力を集めろとしか言われなかったから、俺は勝手に魔力を固めた状態で用意していたのだが、そうじゃないんじゃないのか。

もっと魔力は小さい単位で操らないといけないんじゃないのか。例えばそう……霧みたいな。

俺は魔力を分解して小さくした後に、分解を何度も何度も繰り返す。そして、そのまま手から染み出すようなイメージで魔力を動かした。まるで手の周りだけ魔力の霧に覆われるような、そんな感覚。

それをやった瞬間、俺の手の中でずっと動かなかった魔力が外に溢れた。

「わっ！　出た！」

「えッ⁉」

レンジさんの驚きの声が聞こえるが、反応している余裕はない。俺は魔力が外に出た感覚を忘れない内に魔力を手元に引き寄せ、ねじり、糸にする。こっちは一度、お尻から魔力を出したときに経験済みだ。二度目なら、戸惑うこともなく糸にできる。

「レンジさん！　出来たよ、ほら！」

俺は自分の魔力が『糸』になったのを見ながら、レンジさんに手のひらを向ける。

どうだ！　これで絲術も使えるようになったぞ！

レンジさんは導糸を眼の前で、くるりと回してレンズのようにすると俺を見た。俺を見て、息を呑んだ。

「……本当だ。導糸になってる」

「やった！　できた！」

レンジさんからお墨付きをもらった俺は思わずその場で跳ねる。一ヶ月ずっとできなかったことが、急にできるようになったのだ。嬉しいに決まってる。

だからその場でぴょんぴょんと跳ねていると、レンジさんは肩をすくめながら呟いた。

「これは……どうしようか。こんなに早く使えるようになるとは予想外だったな」

俺も一ヶ月詰まっていたことが考え方を変えるだけで、こんなに簡単にいくとは思わなかった。というか、今更ながらに思うが一度やって上手くいかないんだったら少しは方法を変えればよかった。同じことをずっと繰り返していても上手くいかないに決まってる。

驚くレンジさんの横で俺が一人反省会をやっていると、急にアヤちゃんがその場に倒れた。

倒れてから、叫んだ。

「やー！」

「アヤ。どうしたの？」

「もう練習やなの！」

そう言って倒れたままジタバタと暴れるアヤちゃん。人見知りだと思ってたんだけど、想像していたよりも大胆でいらっしゃる。

「なにも分かんない！　たのしくない！　えほん読みたい！」

「こら、アヤ。魔法を覚えないと、お姫様みたいになれないよ」

暴れるアヤちゃんをたしなめるレンジさん。

……そうだよな。三歳児って普通こうだよな。

「座っておヘソのところに集中するんだ。そうしたら、熱いのがあるから……」

「分かんない！　パパいつもそれしか言わないもん！　たのしくない！」

多分、レンジさんの説明は祓魔師が廻術を教えるときにはあるあるの説明なんだろう。父親もそういうことを言っていた記憶がある。だが、冷静になって考えれば三歳の子に座って集中なんて楽しくもなんともないだろうし、そりゃ魔法の練習は楽しくないよな。

もしかして、この技を五歳までかけて練習するってのは集中する訓練も兼ねてるんだろうか？　ありそうだな。

「ねぇ、アヤちゃん」

「……む」

俺が名前を呼ぶと、アヤちゃんは暴れるのをやめて俺を見た。さっきまで暴れた手前、急に静かにするのは嫌という感じだが、だからと言ってほとんど初対面の俺に文句をつけるほど人慣れもしていない……そんな顔。

レンジさんに絲術を覚えるためのきっかけをもらったばっかりだ。俺もアヤちゃんに何か、きっかけみたいなのを渡したい。

だから俺はアヤちゃんに向かって手を差し出した。

「あのね、アヤちゃん。手を貸して」

「お手て？」

アヤちゃんが俺の手を取ったのを見てから、俺は身体の魔力を手のひらに集めた。

「わっ！　あつ！」

「熱いの無くなるよ」

俺はそう言うと、手のひらに集めた魔力を身体の中に散らせる。廻術が使えるのであれば誰にだって出来る体内の魔力操作。

「えっ！　すごい。イツキくんすごい！」

「すごいでしょ」

「もっかいやって！」

喜ぶアヤちゃんを前にして、俺は再び魔力を集める。

アヤちゃんは俺の手をぎゅっと握ったまま魔力の熱を感じると「ほわぁ」と声を漏らした。

俺の手に熱中しているアヤちゃんの興味が薄れないうちにアヤちゃんのお腹に手を伸ばす。

「ね。お腹にも同じのない？」

「んー？　わっ！　ある。あるよ！　お腹にある！」

アヤちゃんは一瞬だけ首を傾げていたが、すぐに腹の底にある魔力に気がついて目を丸くした。

「それが魔力だよ」

「わっ！　これ！」

アヤちゃんは自分のお腹に手を当てて、不思議そうにじぃっとお腹を眺める。そして、眺めながら尋ねた。

「これどーするの？」

「……アヤ。それを全身に流すんだ」

だが、答えたのは俺ではなくレンジさん。ようやく廻術の練習に入れるっぽい。俺はそれを眺めながら、心の中で一人頷いていた。

うん。やっぱりだ。

こういうのは自転車の乗り方と一緒でコツを掴めば忘れることはないのだが、気がつくまで時間がかかる。だから、実際に魔力の熱を感じた方が早くなるんだろう。自分の仮説が上手くいったのでちょっとだけ鼻が高くなる。

なんて、そんなことを考えているとアヤちゃんに手を引かれた。

「イツキくんイツキくん！　どうやるの？」

「え？　どれ？」

「廻術！　やり方！」

そう言って手を引かれて目を輝かせるアヤちゃん。

君、魔法の練習嫌いじゃなかったんかい。

「アヤちゃんのパパに教えてもらうのが良いんじゃないの？」

「や！　パパ怒るもん！」

俺はちらりとレンジさんを見ると、レンジさんは苦笑いして肩をすくめた。なるほど。俺が教えろと。

「ね、アヤちゃん。お腹に魔力あるでしょ？」

「ある！」

「それ動かせる？」

「どうやってー？」

どうやって……？

言われてみれば考えたことなかったな。考えたことはなかったが、こんなものは魔力の熱と同じで感覚の問題なのだ。だから俺はアヤちゃんのお腹に手を当てて、魔力を集中させる。

アヤちゃんは「はぇー」といった顔で、お腹に手を当てたままの俺をじぃっと見つめる。

「これを動かすんだよ。こうやって」

俺はそう言いながら、魔力を集めた手をゆっくりと動かす。お腹の中にあるアヤちゃんの魔力は俺の熱に合わせるように、ゆっくりと動く。ほら、一度魔力の動きが分かってしまえば簡単に魔力は動くんだ。

「……イツキくん。それは」

「どうしたの？」

「いや……。なんでもない……」

アヤちゃんのお腹を触りすぎてレンジさんから怒られるのかと思ったが、そんなことはなく。レンジさんは何か言いたげに口を動かしてから、逆に打って変わって口を完全に閉じてしまった。そして何かを考えこむようにして、その場に立ち尽くしてしまった。

レンジさんに怒られなかったので、俺はアヤちゃんの魔力操作トレーニングの手伝いに戻る。魔力を集めた手を動かして、身体の中を動かしていく。

「これたのし！　魔力動いている！」

「ほんと？　良かった」

自分のやっていることが楽しいと喜んでもらえたことが嬉しくて、思わず俺は微笑んでしまう。何にしても楽しいのが一番だ。

「そうやって身体の魔力を動かしていたら、廻術になるんだよ。ね、レンジさん」

「そうだね。イツキくんの言う通りだ」

レンジさんはそれだけ答えるとアヤちゃんを見た。

「どう、アヤ。魔力は動かせてる？」

「ん！　ほら！」

「……ん。動いているなら大丈夫かな」

レンジさんはそれ以上何も言わずに、ちらりと時計を見た。俺もそれにつられて時計を見ると、練習を始めてから二十分ほどが経っていた。

「じゃあ、今日はこの辺にしとこうか。また続きは明日」

「え！　もう終わりなの!?」

思わず俺がそう聞くと、レンジさんはとても意外そうに目を丸くして、

「本当に魔法の練習が好きなんだ、イツキくんは。すごいね」

「すごいの？」

レンジさんに聞いてから、俺は自分を戒めた。

すごくはないだろ。魔法の練習をしないと死ぬだけなんだから。

「そうだね。魔法の練習が好きな子ってのは、たまにいるんだけど……うん。普通はいないね」

「そうなんだ……」

俺が思わず相槌を打つと、レンジさんは笑顔でアヤちゃんを見た。

「アヤは嫌いでしょ？」

「きらい！」

そして間髪容れずに頷くアヤちゃん。流石だ。ブレない。

もしかして勉強に近いのかな、魔法の練習。好きな人はいるけど、ほとんどの人は嫌い。だから、やってるだけで偉い……みたいな？　ありそうだな。

練習が早々に終わってしまうので俺ががっかりしていると、レンジさんは笑いながら続けた。

「それに魔法が好きなだけじゃなくて教える才能もあるみたいだし」

「そう……かな？」

それはちょっと分からない。教える才能というよりも、単純に俺が魔法の練習で気がついたことをアヤちゃんにも教えてあげただけだからだ。

「良かったらこれからもアヤと仲良くしてほしいんだ」

「うん！　友達！」

レンジさんからそう言われて、俺は素早く頷いた。前世では全然友達がいなかったから、現世では友達を増やしたいのだ。そんなときに両親公認の友達になってほしい宣言は見逃せない。

「じゃあ、アヤ帰ろうか」

「や！」

「え、嫌なの？」

「イツキくん！　さっきのもう一回やって！」

勢いよく飛び込んできたアヤちゃんに俺は押し倒された。

さっきのってどれだよ。

そんなアヤちゃんをレンジさんは引き剥がし、帰ろうとしていたところ母親が二人を呼び止めた。『せっかくだからお茶でも』ということで、アヤちゃんと俺はプリン。レンジさんには饅頭が振る舞われた。渋い。

「イツキくん！　魔力！　お腹にやって！」

「え？　うん。良いよ」

すごい勢いでプリンを食べ終わったアヤちゃんが俺のところにやってきたので、俺は手に魔力を集めてアヤちゃんのお腹に当てる。良く分かんないけど、アヤちゃんはこれを気に入ったらしい。なんでだ。

そうやって魔力を使って遊んでいた俺たちを眺めながら、レンジさんがぽつりと漏らした。

「イツキくんはすごいですね」

「イツキが……ですか？」

「ええ。三歳で廻術を使えて、さっきの練習でもう絲術をマスターしてました。宗一郎が目をかけるのもよく分かる。今からイツキくんの将来が楽しみでしょうがないですよ」

母親が父親や俺以外の人と喋ってる姿はめったに見られないので思わず意識がそっちに向く。あと、普通に聞こえる範囲で褒められてるので嬉しい。これは大人あるあるなのだが、大人になると滅多なことでは褒められなくなるのだ。何もしなくても褒められるのは子どもだけの特権なのだ。まぁ、俺は何もしてないわけじゃないんだが。

「きっと、そう遠くないうちに日本を代表する……そんな祓魔師になりますよ。イツキくんは」

「……そうですか」

「あまり、気乗りしていないように見受けますが」

「ええ、これはわがままだって分かってるんですけどね」

口を開けば俺の褒め言葉しか出てこないレンジさんへの好感度が俺の中でうなぎのぼりになっている横で、母親が小さく……本当に小さく言葉を紡いだ。

「イツキには、祓魔師になって欲しくないんです」

「それは……」

「分かってます。それは無理ですよね。如月の家で、長男で、それに第七階位だから……イツキは祓魔師になるしかない。けど、私はイツキにそんな危ない世界に入ってほしくない。だから、これは私のわがままなんです」

　アヤちゃんと遊んでいる横で急に聞こえてきた母親の言葉に、俺はしばし言葉に詰まって

……そして聞こえなかった振りをした。聞いていたって、俺にはどんなリアクションをすれば良いか分からなかったから。

　だから、俺はレンジさんと母親の会話から耳を背けるとアヤちゃんと遊び続けた。

　しばらくそうしていると、すっとレンジさんが立ち上がる。

「用事があるのでこの辺で。アヤ、帰ろうか」

「……む」

　そう言って差し出されたレンジさんの手をアヤちゃんが払う。

「どうしたの？」

「まだイツキくんと遊ぶの！」

「えぇ？　もう、そんなこと言ったらイツキくんの迷惑になっちゃうよ」

「ならないー！　もっと遊ぶ！」

　ジタバタと暴れるアヤちゃん。名残惜しそうにしてくれるのは嬉しいんだけど、暴れすぎだ。

　君は人見知りじゃないのか。

「イツキくんに『またね』しな」

「また来れる？」

「どうだろう。イツキくんが良いよって言ってくれたらじゃないかな」

レンジさんがそう言うと、アヤちゃんは俺の眼の前にずぃっと顔を近づけてきた。

「また遊べる？」

「うん！　もちろん」

「やった！　バイバイ。またね、イツキくん！」

「またね、アヤちゃん」

アヤちゃんはぱっと顔を輝かせると、レンジさんと一緒に帰っていった。

一緒に遊んだ時間は少しだけだったけど、あんなに喜んでくれるとは思わなかった。ふと心の中に浮かんできた嬉しさを嚙みしめる。

「イツキ。レンジさんとの魔法の練習は楽しかった？」

「ん！　楽しかった！」

「じゃあ、後でパパにも教えてあげてね」

「うん！」

レンジさんたちは帰ってしまったが、今はまだ昼過ぎ。夜まではまだ時間がある。時間があるのなら、魔法の練習をするしかない。自主練だ。

台所でコップを洗い始めた母親の隣で俺は魔力の糸——導糸を生み出す練習を始めた。手のひらに集めた魔力を霧のようなイメージで外に出すと、それを一本の糸にする。

よし、ちゃんと出来る。感覚は摑めてる。

一ヶ月以上出来なかったことが急に出来るようになったので、ちょっと出来る感覚にズレがあるが……もう少し練習したら慣れると思う。廻術のときもそうだった。

一本できたなら、次は二本同時に出すところからだな。

俺は右手から導糸を出した状態で、左手側に魔力を集める。だがこれが……結構、難しい。魔力を身体の中で分割して操作しないといけないからだ。右手と左手で全く別のことをやっているあの感じ。

「……む」

左手から魔力を出そうと霧のイメージを持った瞬間、右手の導糸も一緒になって霧になってしまった。マジか。かなり難しいぞ、これ。

もう一度、挑戦。今度は両手で同時に導糸を作ることにした。手のひらにある魔力を左右同時に外に出すのだ。そして、二つとも糸にする。

これでどうだ……と、思いながらやってみたら、今度は糸が出来なかった。

複数使うのってかなり難しいんじゃないのか、これ。

でも普通の祓魔師たちは三本とか四本とか使うらしいし、シンプルに練習不足か。じゃあ、もう一回やろう。俺が練習を再開した瞬間、母親がコップを洗うのを終えて蛇口を閉めた。

そして、食器拭きでコップについた水分を拭き取ろうとした瞬間、

「あっ」

母親が手を滑らせて、コップが落ちた。

すっ……と、その手からコップが地面に落ちていくのを見ながら、俺は反射的に手を伸ばした。もちろん、そんなことでそれに届くはずがない。届くはずがないのだが、無意識の内に俺は手を伸ばすのに合わせて導糸も伸ばした。

ひゅ、と落ち行くコップに向かって伸びた導糸が絡みつくと、ぴたっと空中で静止した。

……止まった。

陶器のコップが割れなかったことに、ほっと安堵の息を漏らすのと導糸がコップを止めたという現実を受け入れるのはほとんど同時だった。

いや、止められるのかよ。導糸で。

「ありがと。イツキ」

「どういたしまして！」

空中に静止したままのコップを、いち早く我に返った母親が手に取ってから俺は導糸を解いた。濡れたコップを拭く母親を見ながら俺は導糸の新しい使い道を噛み締める。

これは早々に二本目を使えるようになった方が良い気がするな。

第五章 会合、出会い、会得

来る祓魔師生活に備えて絲術の練習に明け暮れていたら二年が経った。ついに五歳になってしまったのだ。

五歳までの二年間で力を入れていたのは『廻術』と『絲術』の練習である。

俺は他の祓魔師たちと違って魔力をちょっとでも外に漏らせばモンスターに襲われる。だから魔力を身体の中に抑えておく技術を必死で磨く必要があった。

絲術だけではなく、廻術も合わせて練習したのにはそういう理由がある。そうやって魔法を使う前段階の基礎を積み重ねた結果、俺は結構な数の導糸を同時に出せるようになったのだ。

最初は一本しか出せなかったのだが左右両手で二本。そこから頑張って四本。コツを摑んで八本。さらに練習して両手の指と同じ数の十本。さらに段階を刻んで二十四本と俺の使える導糸の数は増えていった。

そうやって毎日少しずつ練習を繰り返していたが、今日はその練習は久しぶりにお休み。

何故なら今日は七五三だからだ。

「ね、ママ。今日はアヤちゃん来るの？」

「うん。もちろん来るよ」

「やった！」

七五三とは三歳、五歳、七歳にやるから七五三なのである。当然、五歳になった俺も七五三の儀を受けに行くわけだ。前回は魔力量の測定だったけど、今回は他の当主たちに俺の顔見せをやるらしい。それで、その後に大人同士の会合だとかなんとか。

先を歩く父親にくっついて門に向かうと、そこには二年ぶりの運転手さんが立っていた。

「お久しぶりですね。どうぞ、お乗りください」

「はい！」

運転手さんが開けてくれた車に乗ると、ちょっと胸が高鳴った。それもそのはず。何しろ外に出るのは前回の七五三以来。つまり、二年ぶりなのだ。

アヤちゃんと違って俺はこの家から簡単に外には出られない。半端な廻術しか修めていない状態で結界の張られている家から外に出ると、モンスターに襲われてしまうからだ。

全員座ったことを確認した運転手が車を出す。ゆっくりと加速し、住宅街に入ってく景色を俺が眺めていると、助手席に座った父親と運転手が軽く言葉を交わし始めた。

「ご子息の噂は耳に挟んでおります。三歳で絲術が使えるようになったと」

「あぁ、とても自分の子どもだとは思えぬほどの天才ぶりだ」

「なんと。あの宗一郎様ですら？」

「イツキは『第七階位』だぞ？　数百年に一度の天才だ。俺など足元にも及ばんよ」

「ご謙遜を」

ルームミラー越しに、運転手さんがやや引きつった顔をしているのが見えた。これはレンジさんや母親からぼんやりとしか聞いていないのだが、どうやらウチの父親は強いらしい。それも、中途半端に強いとかじゃなくて……半端じゃないくらい強いらしい。

らしいのだが父親は俺の前で強さ自慢はしないから伝聞でしか知らないのだ。でも、基本二人以上で行動するって言われている祓魔師の界隈で、一人で仕事に行ってるって話もあるし伝聞だけじゃなくて本当に強いのかも。

そんな会話が繰り広げられながら、車は住宅街を抜けて大通りへ。

さらにインターチェンジを通り抜ける。

「それで、イツキ様は既に魔法の修行を？」

「いや、今はまだ基礎練習の方だ。何事も基礎が一番大事だからな」

父親の後ろで俺は思わず苦い顔をしてしまう。

実は……これは誰にもバレないようにしているのだが、みんなが寝静まった夜にこっそり魔法の練習をしているのだ。

「素人考えで恐縮ですがイツキ様が魔法を学ばないのは宝の持ち腐れに感じてしまいます」

「今は魔力の扱いの練度を高める時期だと思っているのだ。魔法は後からいくらでも学べるが、魔力操作は幼い頃から練習しているか否かで差が開くからな」

「そうなのですか？」

自動車がETCのレーンを通り越して、高速道路に入る。加速。急に窓の外の風景がすごい勢いで後ろに流れていく。

「魔力操作のセンスは子どもの頃こそに磨ける。プロのスポーツ選手も幼い頃から競技に触れている者たちが多いだろう？　そういうことだ」

「なるほど……。確かに宗一郎様のおっしゃる通りですね」

そんな話をよそに、俺は視線を窓から外した。

せっかく外の景色が見えると思ったのに、防音壁が邪魔で見えなくなったからだ。

あーあ。せっかく外なのに。俺がそんなことを思った瞬間だった。

『外、外、外から中へとご入場！』

声が、聞こえた。

『いらっしゃイませ～ッ！』

刹那、声が吠えると同時に防音壁が爆ぜた。

ドウッッツツツ!!!!!!

腹の底まで響き渡る爆発音。

防音壁の外側から内側に向かって大きく防音壁が壊されると、その衝撃で防音壁が壊れて飛び散り、その破片がちょうど俺たちの目の前を走っていた車に向かって飛んでいくと、

「……ッ！」

とっさに伸ばした導糸で、それを食い止めた。

瞬間、空中で瓦礫が静止。前方を走っていた自動車が抜ける。本当にとっさの出来事だったが、ちゃんと間に合った。誰かの命を救えたことに安堵しつつ、他の車が瓦礫にぶつからないように、瓦礫を中央分離帯に向かって落とす。ズン、と大質量が地面に落ちる地響きが聞こえたのと、モンスターの声が聞こえてくるのは全く同じタイミング。

『お客様は神様なんだッて』

そう言いながら時速百二十キロで走る自動車と並走するのは、毛むくじゃらの獣。狼みたいに見えないこともないが、その目が四つあるし身体はトラックくらいにデカいもんだから、絶対に動物ではない。モンスターだ。

『だッたらみんな神様！　俺も神様。お前も神様。ひひッ』

「……このレベルの〝魔〟が出てくるとは」

助手席に座った父親がため息を吐きながら焦った様子も見せずに魔力を練ろうとしたので、俺はそれに口を挟んだ。

「待って、パパ」

「む？　どうした」

「……僕が、やってみたい」

「何？」

父親が思わず振り向く。『何を言っているんだ？』という目が浮かんでいた。父親が言わんとすることは分かる。だって、俺は魔力操作の基礎しか教わっていないのだから。

「……まだ、パパは魔法を教えていないが」

「うん。でも、前にパパが使っているのを見てたから」

「……っ！」

父親は僅かに息を呑んでから、頷いた。

「分かった。やってみるが良い。もし、失敗したらパパがすぐに手伝うからな」

「……うん。お願い」

俺は父親に頷いてから導糸を生み出す。その数は五本。そして、用意できるや否やモンスターに向かって伸ばした。だが、モンスターは飛び上がって俺の糸を回避。そして、その勢いのまま防音壁を走り出す。

『壁！　壁、壁を走ります！　俺は神様！　壁様！』

モンスターが何かを口ずさんでいるが、何を言っているのか意味不明。

そんなモンスターの言葉を完全に耳からシャットアウトすると、俺は次いで二本目の糸を放った。しかし、それもモンスターは回避。防音壁を蹴ると対向車線へと飛び移る。まるで、俺の動きを読んでいるかのような動きに父親が焦った声をあげた。

「イツキ。大丈夫か⁉」

「……ん！　ちょっと待って！」

回避されて良いのだ。問題無いのだ。だって、その二本は囮なんだから。

空中に飛翔したモンスターの身体をフロントガラス越しに見上げながら、俺は残りの三本を放つ。果たして俺の読みはドンピシャで刺さった。滞空しているモンスターの身体を掴み上げると、空中に吊す。まるで、ミノムシみたいに。

『落ちない！　俺、落ちてない！　神様ってサイコー！』

「……ふッ！」

勘違いしているモンスターをそのままに、俺は魔力の性質を変える。

次の瞬間、俺の導糸が鋭い刃になるとモンスターの身体をバラバラに切り刻んだ！

「やった！」

生まれて初めてモンスターを倒せたことに俺が感極まった声を上げる。

立方体に切り裂かれたモンスターの身体は、道路に落ちる前に黒い霧になって消えていく。

前に一度見たモンスターの死亡反応だ。

モンスターが死んだ後には何も残らない。ただ、黒い霧が残るだけなんだ。

「やったよ、パパ！」

「……そ、んな」

俺の魔法をずっと見ていた父親が声を漏らす。いや、父親だけじゃない。車の中にいた母親も、運転手も、俺の魔法に目を丸くする。

「イツキ！　今のはどうやって……」

「どうやってって……。パパとか、レンジさんがやっているのを真似して……」

「真似……」

俺の返答に父親が唖然としたまま返す。

もちろん、嘘などついてない。

前に言っていたが、他人の導糸が見える俺の目……『真眼』は特別らしい。だからだろうか。俺は他の人が魔法を使っているときに、どうやって魔法を使っているのかが見えるのだ。

だから、その真似をした。

とは言っても、モンスターがやってきたからと言って土壇場で真似をしたわけじゃない。そんな危険は冒さない。俺は両親が見ていないときや、寝ているときとかにこっそりティッシュ相手に魔法の練習をしていたのだ。

……全ては死なないために。

とはいっても、モンスター相手に使うのは初めてだったので安堵の息を吐く。

「誰にも教えてもらわずに魔法を……？」

「ちょっと……私は目眩がしてきました……」

そんな安堵の息を吐いている横で、運転手さんと母親が連なるようにそんなことを言いだした。目眩なんて大丈夫だろうか？　母親の体調が心配だ。

「……イツキは誰にも教わらずに廻術を使っていたし、魔法を使えてもおかしくはないが。いや、それにしても………」

父親は思案するように言葉を口に出しながら、考え込み始める。

そんな父親をおいて、俺は初めて使った魔法の反省会をスタートした。威力は良かった。だが、発動するまでが遅かったと思う。

今回のモンスターは弱かったから良かったけど、もっと強かったら導糸の拘束を破られていたかも知れない。

ううん。まだまだだ。

俺は心の中でため息を吐く。祓魔師の世界は油断したらすぐに死ぬ世界だと父親から何度も何度も、それこそ耳にタコができるくらいには聞かされてきた。

しかし、勝って兜の緒を締めよ。今度はもっと早く刃に出来るように練習しないとだ。

俺がそんなことを考えている間に気を取り直した運転手さんが車を走らせ続けてくれて、俺たちは神在月家に向かって進んだ。

そこからモンスターに出会うことなく無事にサービスエリアに着いた。とはいえ高速道路の防音壁は破壊されてしまっているので、これを『無事』と言って良いのかは謎だけど。

「イツキ。何か食べたいものはあるか？」

「カレーパンある！　パン食べたい！」

「よし。じゃあ、食べるか」

サービスエリアでは珍しくカレーパンの幟が立っていたので、それを指差す。そんな父親と母親と一緒にカレーパンの列に並ぶ。俺はカレーパンが好きなのだ。

「あなた。さっきの〝魔〟は」

「……少なく見積もっても第三階位だろう。五つで祓えるようなものじゃない」

カレーパンは、やはり作りたてに限る。なんてったって揚げものなのだ。時間が経ったものは油がべしゃっとしてしまって、美味しくない。

けど、こういう場所のカレーパンって、作りたてだから美味しいんだよな。

「普通の祓魔師でも手こずる……。いや、歯も立たない。祓える者の方が少ないだろう」

「それを、イツキが……」

「間違いなくこの子は鬼才だ」

「………」

そういえば最近、できたてのカレーパンを食べたのはいつだろう？　母親がスーパーで買ってきてくれたカレーパンしか食べてない気がする。別に不味くはないのだが、特別美味しいかと言われるとちょっと答えづらい。

「だが、イツキはまだまだ成長するだろう。……一体、どこまで行ってしまうんだろうな。底が知れぬ」

「私はイツキが死なないのであれば、それで」

あ、しまった。なんか両親が喋ってたっぽい。

やばいな、カレーパンのことばっかり考えてて全然聞いてなかった。

「何のはなしー？」

「イツキが可愛いという話だ」

だから父親にそう尋ねたのだが、なんだか話を誤魔化されてしまった。気になる。しかし、誤魔化されたということは、何を聞いても教えてはくれないだろう。俺は二人に話を聞くことをやめて、カレーパンを買ってもらった。

揚げたてだから、美味しかった。

サービスエリアを出てからは、どこにも寄らず神在月家にまっすぐ向かった。それでも一時間強ほどかかって車から降りたら、神在月家の長い長い階段が出迎えてくれる。

二年ぶりに見た神在月家の階段はめちゃくちゃ長くて、三歳のときはよくこれを一人で上ったものだと自分に感心してしまった。

それを上りきると、目の前には大きな屋敷がドンとそびえ立つ。前は入らなかったが、今回は違う。むしろ、メインは建物の中にあるらしい。祓魔師の名家、その当主たちが揃いに揃って七五三に参加する子どもたちとの顔合わせをするという。

……緊張する。

「当主様と次期当主様はこちらへ」

お手伝いさんに言われた次期当主というのは俺のことだ。長男だから、というのもあるが如月家には俺しか子どもがいないので必然的に俺が次期当主になる。

「奥様は別の者が案内しますので、少々お待ちください」

案内役の黒スーツの人にそう言われて、母親だけ違う部屋に連れて行かれる。祓魔師って割とこういうところがあるよな。

俺が半ば呆れながら、スーツの人の後ろを追いかけていると母親から「良い子にするのよ」とありがたいお言葉をもらって俺たちは会合する場所に向かった。

その代わりに母親たちが連れて行かれたのは外廊下の先にある小さな建物。

ああいうのを離れっていうんだっけ。

「如月家当主。宗一郎様とご子息イツキ様のご到着です」

「おう、よく来たの。入れ」

中から聞き覚えのある女性の声が響く。

その声に導かれるようにしてスーツの男が扉を開けると、中にいた男性たちの視線が一気に集まった。

「期待されているな、イツキ」

「……僕？」

「そうだとも。ここにいる全員がお前を見に来たのだ」

父親にそう言われて、俺は視線を向けてくる大人たちを逆に見つめ返した。

どいつもこいつもその筋の人たちっぽいというか、普通の子どもの前に現れたら一発で泣かれそうな風貌だ。もっと穏やかな人はいないのか。

ヤクザの会合にも見えるような強面の男たちの中、一人の男性が座ったまま手を上げた。

「元気にしてた？　イツキくん」

「レンジさん！」

笑顔で話しかけてくれたのは霜月家の当主であるレンジさん。知り合いが増えたことで安心感が増していく。少し心に余裕が出来たので、アヤちゃんが来ていないかと探してみると……レンジさんの隣にいた。アヤちゃんだ。

実はアヤちゃんに会うのも久しぶりだったりする。三歳から四歳になる間は頻繁に会っていたのだが、次第に予定が合わなくなっていつの間にか一緒に修行する時間が自然消滅したのだ。なんだか大学入学したての知り合いみたいだ。

「アヤ。イツキくんだよ。会いたかったんでしょ？」

え、会いたがってくれたの!? レンジさんの言葉を聞いて、俺は思わず嬉しくなった。嬉しくなったので、アヤちゃんに手を振る。

「アヤちゃん。久しぶり」

「…………」

しかし、アヤちゃんはレンジさんの後ろに隠れたまま何も言ってくれない。

もしかして嫌われた？

「ごめんね、イツキくん。アヤは家ではいつもイツキくんと遊びたいって言うんだけど……アヤ？ 挨拶しなくていいの？」

アヤちゃんにそう言いながら、自分の陰から出そうとしたレンジさんのお腹を叩いて一喝。

「パパきらい！」

「……困ったな」

そう言って頭をかくレンジさん。俺も全く彼女の心理が摑めないので、思わず腕組みをしてから唸った。うーん。女の子って分かんないや。

「はよう席につけ。そろそろ会合を始めよう」

俺がアヤちゃんの女心に困惑して黙り込んだタイミングを見計らったかのように、神在月家の金髪巫女さんが口を開いた。

それに合わせるよう座布団に座っていた男たち九人の視線が一斉に巫女さんの方を向く。父親も声に合わせて座ったので、俺は父親の隣に腰を下ろした。

「しかし、そうは言ってもつまらぬ話では子どもらは退屈するだけじゃろう。先に彼らの顔合わせをしてから大人の話を始めようと思うが……構わんの？　ん？」

異を唱えられないような圧のある言葉に大人たちは黙って頷く。

やっぱりこの人、偉いのかな。

「おん。同意も取れたことじゃし、まずは期待の新星から名乗りをあげてもらうかの。わずか五歳にして第三階位の〝魔〟を祓った英雄に」

うん？　誰だろう？

首を傾げていると、金髪巫女さんの瞳が俺を捉えた。

「皆も良く知っておるじゃろう。数百年に一度の天才。第七階位を手にし、五歳にして廻術と絲術を修めた天才」

第三階位の〝魔〟がなんだか分からないが、第七階位と言われてしまえば嫌でも分かる。身構えている俺に向かって、金髪巫女さんは続けた。

「如月イツキよ」

その瞬間、空気が張り詰めたのが分かった。

今まで緩んでいた空気が一瞬で凍りつく感覚……小学生が先生のいないのを良いことに騒いでたら、めちゃくちゃ怖い先生が入ってきたときの感覚に近い。少なくとも、一般人として外には出せないような顔をした厳ついおじさんたちの視線が一斉に俺に集まったのだ。泣きださなかっただけでも褒めてほしいと思う。

「おん？　どうした？　挨拶はせんのか？」

「あっ、えと……」

金髪巫女さんに振られるが、俺は言葉に詰まって何も言えなくなった。両親から教えてもらった挨拶も急に視線が集まった緊張で吹っ飛んでしまってるし。だから、立ち上がってとりあえず必要最低限の情報だけ言葉にした。

「き、如月イツキです。よろしく、お願いします」

大人たちの視線にビビりながら、頭を下げた。

いや、そりゃあさ？　俺だって少しは注目されるかなとは思ってたよ。思い上がりを引っこ抜いても俺は第七階位だし、真眼持ちだ。だから、自己紹介のときにちょっとは注目されるだろう……みたいなことは考えていた。考えていたがこれは完全に予想外。

怖くなった俺はせめて悪目立ちしないように素早く座ろうとしたのだが、それを制するように一人のおじさんが口を開けた。

「第三階位の〝魔〟を祓ったというのは本当か？」

「あ、いや、えっと……？」

分からん。階位って祓魔師を測る指標じゃないの。なんでモンスターにも使われてるの？

そもそも俺がモンスターに出会ったのは二年前に一度と、さっきのでもう一度。祓ったのは、高速道路にいたやつだから、あれが第三階位なのかも知れないが俺にはそれを知る術がない。

だから俺が言葉に詰まっていると、父親が代わりに答えてくれた。

「さっきイツキが祓った獣の〝魔〟がいただろう。アレがそうだ」

「高速道路にいたやつ？」

「あぁ、そうだ」

なるほど、アレがそうだったらしい。

父親のお墨付きを貰えたので、俺はおじさんに向かって首を縦に振る。

「い、一度だけ……祓いました……」

頷いてから、ふと疑問に思った。

「あの、一つ聞いてもいいですか？」

「なんだ？」

「階位って、人だけじゃなくてモンスター……あ、〝魔〟にも使うんですか？」

「〝魔〟の階位も知らぬ歳か……。いや、そうだな。これは失礼。〝魔〟の階位はすなわち強さだ。同じ階位にいる祓魔師が祓えるかどうかそれを測る指標だと思ってくれ」

おじさんはそこで一息吐くと、続けた。

「つまり第三階位の〝魔〟は第三階位以上でないと祓えない」

「……だったら、僕はどんなモンスターも祓えるってことですか？」

「大きくなれば、だ。幼い頃の階位はあくまで魔力量を指す目安に過ぎん。その階位にあぐらをかき、遥か格下の〝魔〟に殺された祓魔師など腐るほどいる。努力を怠らぬようにな」

「は、はい……！」

質問したら激励で返されてしまった……。だが、これは確かに胸に刻んでおくべきことだ。ちょっと努力したくらいで油断していたら、いくらでも足をすくわれてしまう。気をつけよう。

それはそれとして、モンスターも強さを測るのに階位を使うんだな。てか、第三階位ってそれだけでも天才扱いなんじゃなかったっけ。

高速道路に出てきたやつ、そんなに強かったのかよ。

いや、でも考えてみれば防音壁をぶっ壊して時速百キロ以上出てた車と並走しているくらいだからそれくらい強いのか。

……ん？ じゃあ第四階位以上のモンスターってどんだけ強いんだ？

何だか祓魔師の殉職率の高さの片鱗が見えた気がするな。嫌な気持ちだ。

「待て。イツキは〝魔〟を祓っただけじゃない。飛んだ瓦礫から一般人を守っている」

「ほう。聞かせてみよ」

俺が一人で嫌な気持ちになっていると、父親が沈黙を破って俺の自慢を始めた。

そして、それに楽しそうな顔して食いつく金髪巫女さん。

「今回の〝魔〟は防音壁を外側から破る形で侵入してきた。だが、その時に飛び散った破片をイツキが食い止めたのだ。恐らく導糸で」

「ほう。質量を支えられるほど強度を持った導糸か！　その歳で扱えるとはよっぽど修練をしていると見えるの」

「ええ。イツキは練習熱心ですから」

ちょ、ちょっとパパの自慢が止まらないんですけど。

俺は慌てて父親の袖を引っ張る。二歳とか三歳で親バカを発揮されるのは良いんだけど、五歳でもやられると流石に恥ずかしさが勝つ。だから父親の服を引っ張ったのだが父親は完全にそれを無視。

「きっとこの子は将来素晴らしい祓魔師になることは間違いないでしょう」

「面白い。あの宗一郎がそこまで言う子か。うむ。結構結構」

しかし、その親バカトークに金髪巫女さんはツッコむことなく大きく頷く。恥ずかしい……。

俺が照れていると、今度は別のおじさんに話しかけられた。

「イツキくん。何か魔法を使ってみてくれんか」

「え？　ここで？」

「ああ、ぜひともこの目で見てみたいのだ。第三階位の〝魔〟を祓ったという魔法をね」

「でも、ここだと……」

　無駄に広いとはいえ和室の中には、魔法の的になりそうなものが一つもない。どこを狙えば良いんだ？

「イツキ。これを使うが良い」

「うん？」

　困り果てている俺に向かって、金髪巫女が藁人形を投げた。俺がそれを受け取ろうとした瞬間、巫女の手から人形に導糸が伸びる。次の瞬間、絡みついた人形が巨大化した！

「うわっ⁉」

　初めて見るタイプの魔法に思わず声をあげてしまう。

　そんな魔法もあるのかよ！　なんでも出来るな。

「イツキ。お前の魔法を存分に見せてくれ。なに、どれだけ強い魔法を使ってもかまわんよ」

「う、うん！　分かった」

　すっかり大人の男の人くらいには大きくなった藁人形に向かって俺は導糸を三本伸ばした。

　ひゅ、と勢いよく糸が人形に絡みついて、そのまま宙に持ち上げる。

　このまま人形を掴んでいる糸を刃にして、切り刻むのが一番簡単だ。でも、それだとちょっと華がない。

それにせっかく魔法を使って良いと言われているんだ。今までこっそり練習してきた分を試してみるのも悪くはないかも知れない。

だから俺はちょっと挑戦してみることにした。新しい魔法に。

「……うん」

三歳のときに父親が見せてくれた導糸を炎にする魔法と、さらに俺が練習中に見つけた空気を送り込む魔法。この二つを組み合わせて、糸を編む。

良いぞ。

——爆ぜろ。

ドォオオオンン！！！！

刹那、俺の魔法によって生じた爆風は藁人形を木っ端微塵にすると、衝撃波を撒き散らす。

だが、それでこの建物が壊れるようなことはない。だって俺は、父親たちを信じているから。

「イツキ！　危ない！」

爆発の一番近くにいた俺の盾になるように父親が割り込んでくると、魔法で透明の壁を生み出して防御した。二年前の七五三で見た魔法と全く同じものだ。それで、生まれた爆風と衝撃波から俺を守ってくれる。

そんな魔法を使ったのは父親だけじゃない。レンジさんや金髪巫女さん。他にもその場にいた大人たちが全員、壁を張って俺の爆発を封じ込めた。

「今の魔法。どこで習ったんだ？　レンジか？」

「俺は教えてないぞ。宗一郎」

レンジさんが肩をすくめる。それもそうだ。だってこれは、

「ううん。これはパパが使ってるのを見て、思いついたの」

「……むむ。パパは魔法を教えてないのに」

「うん。見ただけだから……」

爆炎が壁の中で収まると、そこには藁人形の跡形もなかった。俺は初めて使った魔法の威力に安心していると、壁を張ってくれた他の祓魔師たちが騒ぎはじめた。

「……本当に五歳で魔法を」

「属性変化の速さも申し分ないぞ」

「今のは複合属性か？　いや、まさかな……」

「これで第七階位か。将来が恐ろしいな」

ざわつきだして収拾がつかなくなりかけたその瞬間——パン、と拍手が鳴った。その瞬間、全員が黙り込む。黙り込んでから手を鳴らした人物を見た。

上座に座ったままの金髪巫女を。

「どうじゃ。身が焦がれそうな若い才能に触れてみるのも悪くはなかろう？　ん？」

黙り込んだ男たちにヘラヘラとした視線を向けた巫女さんは部屋の中をぐるりと見渡してか

ら、最後に俺を見た。

「まだ破魔札は持っておるの？」

「持ってるよ！」

俺はそう言って三歳の七五三のときに渡された破魔札をポケットから取り出そうとしたら、金髪巫女さんがそれを制した。

「見せんでも良い。持っておるのであればなによりよ。これからも離すなよ？」

「はい！」

「良い返事じゃ」

そう言って金髪巫女さんは、からからと笑った。

「さて、お主らもイツキに聞きたいこと、やらせたいことが山のようにあろう。しかし此度のゲストはイツキだけではない。他の子らを無視するのも些か礼儀にかける行いじゃろうて」

俺から視線を完全に外し巫女さんが次に見たのは、熊みたいに大きな男の人……の隣に座っている女の子。リンちゃんだ。

「のう、リン。お主とて天才である第四階位じゃ。皆に挨拶を」

「はい！」

リンちゃんはそう言って立ち上がると、頭を思いっきり下げた。リンちゃんは七五三のときに肩車をされてた子だ。アヤちゃんと違ってあれから会っていないので、二年ぶりかな。

絶対、俺のこととか忘れているんだろうなぁと思いながらリンちゃんを見ると、彼女はすっと頭を下げた。

「皐月家のリンです。階位は第四階位です。廻術が使えます！」

人前で注目を浴びることになれているのか、それとも性格的に物怖じしないのか分からないが、とてもハキハキ喋る子だ。うーん。こういう子が陽キャになるんだろうな。意外と子どもの頃から、将来どうなるかとか分かるものなんだなぁ。怖いなぁ。

俺がしみじみと感じ取っていると、リンちゃんは俺を見た。なんで？　と、首を傾げた瞬間、リンちゃんは俺だけを見ながら元気に挨拶を続けた。

「イツキのいいなずけになれって、パパから言われています！　よろしくね、イツキ！」

……うん？

俺はリンちゃんが何を言ったのか分からず首を傾げていると、金髪巫女さんの紹介も待たずに今度はアヤちゃんが立ち上がった。

「はじめまして、リンちゃん。私は霜月家のアヤです」

とても丁寧な喋り。前までのアヤちゃんとは別人みたいだ。

しかし、子どもはタケノコ。ちょっと見ない内に大きくなるものだ。

「リンちゃんは間違ってます」

俺がそんなアヤちゃんの成長に感動していると、彼女は一歩前に踏み出してから続けた。

「イツキくんといいなずけになるのは私です！」

自信満々に言い切ったアヤちゃんの言葉を繰り返した。

いいなずけってなんだっけ。あぁ、許嫁か。

俺も知ってるよ。子どもの頃から決められた結婚相手でしょ？　……うん？　結婚相手？

ゆっくりと言葉の意味を理解した俺は思わず飛び上がりそうになった。

な、何を言ってんだこの子たちは⁉

ビビり散らかしたままの俺は隣にいるアヤちゃんの袖を引っ張ってから聞いた。

「あ、アヤちゃん！」

「どうしたの？」

「許嫁って何か知ってる？」

「知ってるよ。けっこん相手でしょ？」

何を当然、と言わんばかりに尋ね返されて思わず俺は閉口。知ってて言ってたのか。というか、五歳なら知ってるか。

五歳児から返ってきたとは思えない……というか、五歳児だからこその無邪気な返答に口ごもる。それを見ていた金髪巫女さんがけらけらと笑う。

「ほう、霜月も皐月も随分未来を見ておるのぉ」

だが部屋の中の空気は巫女さんと違って笑えるようなものじゃない。

ピン、と張り詰めた空気の中で他の家の当主たちがアヤちゃんたちの言葉の意味を吟味しているのだ。そして、吟味したまま野生の獣を思わせるような瞳で俺と父親を交互に見ている。怖ぇよ。

あまりに視線が集中するものだから、俺は助けを求めて父親を見たのだが、

「わはは。モテモテだな」

頼みの綱の父親はそう言って笑っていた。

どう考えたって笑うところじゃないでしょ⁉

しかも、そうやって父親がアヤちゃんとリンちゃんの発言を笑って流したことで、大人たちの会話が加速する。

「霜月も皐月も、如月とは話を合わせてはおらんのか」

「ならばこちらにも好機はあろうて」

「何を言っている。如月の次の当主は第七階位だぞ。側室を許可するべきではないのか」

俺を置いておじさんたちは盛り上がっていく。どこかで制止のツッコミを入れようにも、みんなギラギラしていて怖いから止めることすらできない。

どうにか出来ないかと俺が話の行方を見守っていると、レンジさんが肩をすくめて笑った。

「そうピリピリするもんじゃないでしょうに。子どもの言葉じゃないですか」

その言葉で、視線がレンジさんに集まる。

「それにイツキくんは第七階位だ。誰か一人とだけ子どもを作るのは、この国の祓魔師にとっても損失だ。そう思うだろう？　ヤマト」

レンジさんがそう言って視線を向けたのは、皐月家の方。まるで熊みたいに大きな男の人は、リンちゃんの横で肩をすくめた。

「それもそうだな。許嫁についてはもう少し話し合っても良いかもしれん」

「イツキくんは可能性の塊だよ。優れた祓魔師になる可能性のね。だから、各々の家が好き勝手に意見を言い合うべきじゃない。それこそ、これからの『会合』で話したって良いんだ」

「……全く。お前の言う通りだよ、レンジ」

ヤマト、と呼ばれた皐月家の当主はそう言ってリンちゃんを座らせた。話題の発端が落ち着いたことで他の面々も静かになると、さっきまでの話はまるで終わったかのようにピタリと静まり返った。

ん？　いや、結局どうなったの、この問題。全く解決してないと思うんだけど。

「さて、随分と話が盛り上がってきたところじゃが、子どもたちを放って先に大人だけで盛り上がるのはどうかと思うの」

困惑したままの俺をよそに金髪巫女さんは笑顔で続ける。

「どうじゃ？　ここからは大人たちだけの話にしてしまうのは。それに、子どもらがおらん方がお主らも存分に話し合えるじゃろうて」

やけに含みのある言い方をするな……。

俺がそうやって金髪巫女さんの話を聞いていると、その視線が俺の方を向いた。いや、違うか。向いているのは俺たちだ。

「では、子どもらは退出せい。離れにはお前らの母親もおるじゃろう。そこで、ここでの話し合いが終わるまで遊ぶと良い」

「はい！」

俺たちは金髪巫女さんに返事をしてから、部屋の外に出た。

出た瞬間、リンちゃんがぐいっと顔を近づけてきた。

「イツキ！　初めまして！」

「は、初めまして……？」

三歳のときに会ってるから初めましてじゃないよ……と、胸の内では思うもののリンちゃんの圧に負けて何も言えない。

「さっきの魔法ってどーやったの？　リンにもできるー？」

「で、出来るんじゃないかな。あ、でも絲術が使えないと……」

「あ、そーなんだ！　じゃあ良いや！」

リンちゃんはそう言うと、すっと引いた。

切り替えが早い子だな、と思っていると俺の隣からアヤちゃんがすっと顔を覗かせた。

「ねぇ、リンちゃん。イツキくんの許嫁って本当？」

「うん！　パパからそう言われてるよ！」

「ふうん。そうなんだ」

アヤちゃんはいつも通りに相槌を打つ。打つんだけど、その相槌はどうなんだ。なんか冷たくない……？

と、俺が初めて聞くアヤちゃんのあっさりした相槌に震えていると、リンちゃんはアヤちゃんの相槌なんて聞いていなかったかのように続けた。

「思ったよりカッコいいね、イツキくん」

「えっ」

生まれて初めて女の子から言われた「かっこいい」という言葉に思わずフリーズ。その意味を噛み締めていると、

「またね！」

リンちゃんはそれだけ言って、踵を返すとすごい勢いで母親たちが控えているであろう部屋に向かって走っていった。

おい、マジかよ。カッコいいって言われちゃったよ……。

嬉しさを噛み締めながら自由人リンちゃんの後ろ姿を眺めていると、俺の袖が引っ張られた。

振り向くと、そこには大真面目な顔をしたアヤちゃんがいて、

「あのね、イッキくん」

「どうしたの？」

「私ね、真面目だよ！」

「うん。うん？　うん。アヤちゃんが真面目なのは知ってるけど」

俺はそう言ったのだが、アヤちゃんは不服顔。何なんだ。じゃあ、何が真面目なんだ。女の子って何も分からん。

しかし、俺の困惑などなんのその。アヤちゃんはすぐに気を取り直したのか、口を開いた。

「久しぶりに魔法の練習しようよ」

「うん。良いよ！」

まるでさっきまでの話は無かったかのようにアヤちゃんがそう言ったので、『真面目』の話には触れない方が良いのかなと思い、俺は大きく頷いた。

「でも、魔法の練習する場所あるのかな」

「聞いてみようよ」

アヤちゃんはそう言って近くにいた黒服のお兄さんをつかまえた。

「あのね、イッキくんと魔法の練習したいの。する場所ありますか！」

「ええ、ありますよ。こちらです」

黒服のお兄さんは俺たちの質問をあっさり受け入れて歩き出す。

まるで俺たちが魔法の練習をすることを見越されていたみたいだ……と、思いながら案内されたのは木の人形が等間隔に並んでいるとても広い場所。

地面はならされていて、人形の他には遠くの方に弓道で使われている的や、居合斬りの動画でしか見たことがないような筵が巻かれた棒が立っている。

「どうぞ。全てご自由にお使いください」

「えっ、全部自由に使っていいの⁉」

「アカネ様より跡継ぎの方々から魔法の練習がしたいと申された場合、修練場を使わせるよう仰せつかっていますので。使い方が分からないものがあればなんでも聞いてくださいね」

「あ、ありがとうございます！」

俺が頭を下げた横でも、アヤちゃんが頭を下げていた。

どうやら本当に見越されていたらしい。というか、あの金髪巫女さんアカネって名前なのか。

「イツキくん。さっきやってた魔法見せて。私もやってみたい」

「あれ？　アヤちゃんって、絲術使えるようになったの？」

「ううん。まだだよ」

じゃあ使えないじゃん。なんて思ったけどそれを指摘するのもなんか野暮だし、見たいと言われたらそれを断る必要もないわけで。

俺は導糸を二本伸ばして、居合斬りのときに使われている的を摑む。摑んだ後で、黒服のお兄さんに聞いた。

「壊しても良い？」

「どうぞ」

お墨付きをもらったので、遠慮せず。俺は先程の部屋で見せた爆破の魔法を再現。

さっきは初めてだからちゃんと出来るか心配だったが、今度は二回目。魔法による爆発は大成功。爆炎を撒き散らし、筵が木っ端微塵になった。

上手くいったことにホッとしていると、黒服のお兄さんが拍手してくれた。それに連なるようにアヤちゃんも拍手してくれた。照れる。

「イツキくん！　これどうやってるの!?」

「燃える魔法を使うんだけど、それに風の魔法を混ぜるの」

「どうして？」

「そっちの方がよく燃えそうだから……？」

リンちゃんと違って魔法に興味津々のアヤちゃん。

しかしせっかく質問してくれたところ申し訳ないのだが『どうして』と聞かれるとそれ以外に答えようがない。だが、俺に代わって黒服のお兄さんが教えてくれた。

「流石ですね、イツキ様。導糸の属性変化。それも複合属性変化までしてしまうとは……」

「……属性変化？」

聞いたことのない言葉が出てきたな。なんだろう？

「ご存じないのですか？　ということは、これを感覚で……？」

俺が首を傾(かし)げていると、黒服のお兄さんが目に見えて困惑(こんわく)。だが、そのまま続けた。

「イツキ様が行ったものは属性変化と呼ばれるものです。魔法(まほう)の基礎(きそ)ですね」

「……基礎(きそ)」

魔法(まほう)の基礎(きそ)は廻術(カイジュツ)と絲術(シジュツ)じゃないのか。いや、アレは魔法(まほう)を使えるようになるまでの基礎(きそ)か。

だったら、スポーツの体力作りみたいなものなのかな？

「先ほどイツキ様が使われたのが『属性変化：火』というものです。お見せしましょう」

黒服のお兄さんは俺と同じ的を導糸(シルベイト)で掴(つか)む。次の瞬間(しゅんかん)、大きく燃え上がった。

ごう、と燃え続ける的を背景に黒服のお兄さんが振(ふ)り向く。

「イツキ様。アヤ様。そもそもですが導糸(シルベイト)はどのようにして魔法になるかご存じですか？」

「はい！　知ってます！」

黒服のお兄さんの言葉に真っ先にアヤちゃんが手を挙げる。

「導糸(シルベイト)を伸(の)ばして。伸ばして……それで」

そして、すぐに言葉に詰(つ)まった。けど、言葉に詰(つ)まったのはアヤちゃんだけじゃない。俺もそこから先が分からなくて黙(だま)り込んだ。

導糸(シルベイト)を伸(の)ばして……どうやれば魔法(まほう)になるんだ？

「アヤ様の答えは半分正解ですね。導糸を伸ばし、変化させることで魔力は魔法になります。この変化には二種類。『形質変化』と『属性変化』が存在します」

「ほわ……」

「先程、お見せしたのが属性変化の一つ。『属性変化：火』です」

説明を受けているアヤちゃんの顔が完全に『？』になっている。それは俺も同じ。同じなのだが、前世の記憶がある俺は黒服のお兄さんの言葉に引っかかるものがあった。

「お兄さん！　属性変化って他にもあるの？」

「もちろんです。属性変化は火、水、風、木、土の五属性あり、これらを組み合わせることで『複合属性』へと変化します。先ほどイツキ様が行ったのは火と風を組み合わせる『複合属性変化：爆』。大人の祓魔師でも使えない方は多いんですよ」

そう言って黒服のお兄さんが微笑む。一方で魔法のことが良く分かってなかったであろうアヤちゃんはすごい勢いで俺を振り向いた。

「すごいね、イツキくん。大人の人でも使えない魔法だって！」

「あ、ありがとう……？」

褒められるのは嬉しい。嬉しいんだけど、ちゃんと分かってるのかな、アヤちゃん。

「それと、魔法の練習は属性変化からが王道ですね。形質変化はその後で良いかと」

「お兄さん待って！　形質変化ってどんな魔法なの？」

次々魔法の情報が出てくるので俺はお兄さんに『待った』をかけると、気になる次の変化を尋ねる。

「言葉通り導糸の性質そのものを変えてしまうのですよ。こんな風に」

黒服のお兄さんはにこやかに答えてくれながら導糸を手元で編んだ。

すると糸が槍のように変形。

「どうでしょう？　魔力の槍が見えますか？　見えるように変化させたのですが」

「見えるよ！」

「良かったです。では、これを放ってしまえば」

お兄さんが槍を放った瞬間、バズッ！　と、離れた弓道の的に導糸の槍が刺さった。

「このように導糸でも物理的な破壊が可能になります。イツキ様が高速道路で〝魔〟を祓ったときにも使われたと聞きましたが」

「……あ！　あれのこと!?」

確かに俺はあの時、導糸を刃に変化させた。あれが形質変化か。なるほど。

「あの！　私もイツキくんみたいに魔法が使えますか？」

「ええ、もちろん。練習すれば、ですが。絲術は出来ますか？」

「ううん。まだ……」

アヤちゃんと黒服のお兄さんが話をしている横で、俺は導糸を編む。

編みながら、考える。さっきまで使っていた風と火を混ぜ合わせる魔法……『複合属性変化：爆』だったっけか。あれを一本の導糸で実現できないかと思ったのだ。

そっちの方が効率的だと思って早速試してみたところ導糸がほつれて、千切れた。

「えぇ……」

糸が解けるなんて経験初めてだったので、思わず声が漏れる。そんな俺の声に気がついた黒服のお兄さんから声をかけられた。

「どうされましたか？」

「あのね。導糸が、解けちゃったの」

「解けた？　何をされたのですか？」

「さっきの爆発する魔法を導糸一本だけでやりたかったんだけど……でも、そしたら解けちゃって」

黒服のお兄さんは俺の言葉を最後まで聞くと、微笑みながら口を開いた。

「なるほど。実を言うとイツキ様がやりたいことは出来ないんですよ。一本の導糸につき行える変化は一つだけなんです」

「一つだけ？」

「はい。属性変化も形質変化も一本につき一つ。これが魔法の原則です」

なんだ。ちょっとショック。一本でやれば効率化できると思ったのに。

「ですので複合属性を扱う場合には複数の導糸を組み合わせないといけないんです。更に、この複合属性変化は相性もあります。例えば火と水は相克……簡単に言ってしまえばとても相性が悪いのです」

それはそうだろうな……と思う。どう考えてもその二つは相性が悪いだろう。

「でも、最初はそんな難しいことはせず、基礎属性から学んでいきましょう。基本をおろそかにする者は足をすくわれますよ」

「は、はい……！」

さらにごもっともなことを言われてしまえば、頷くしかできない。

だから俺は残る三属性。水、木、土の属性を使えるようになるべく向き直った。

とはいえ、やり方は火や風と同じだと思う。言葉で説明するのが難しいのだが、その二つを使うときは大気中にある要素を集めて押し潰し導糸に流し込む。例えばだが、火を使うときは空気中にある熱の要素を集めて糸に押し流す感覚……とでも言えば良いか。実際に空気中から熱を奪っているのではない。あくまで感覚の話だ。

だったら他の魔法を使うときも、きっと同じなんだ。

……よし、やってみよう。

試してみるのは『属性変化：水』。だから空気の中にある水の要素を集めて導糸に流す。流した瞬間に糸が変わっていく。俺の手元で水があふれる。

「わぷっ！」

思ったよりも変化した水の量が多くて、俺の服がびしょびしょになる。まるで水風船でも直撃したかのように。でも、おかげで属性変化のやり方が分かった。

「大丈夫ですか？　イツキ様」

「う、うん、大丈夫……」

服が濡れてしまったが、そんなことよりも新しい属性変化ができたことが嬉しくて俺はお兄さんにそう返す。そのまま連続して木と土を試してみた。すると結果は上々。どちらもしっかり属性変化を起こして俺の足元の地面が盛り上がり草が生えた。

ひとまずそれで自分の練習は横に置き、俺はアヤちゃんに向き直った。

「どう？　アヤちゃん。絲術の感覚は……」

「あのね。やっぱり魔力は出せるんだけど……糸にならなくて……」

なるほど、そこで詰まるんだ。俺と逆だな。

「アヤちゃんはどんな感じで絲術をやってるの？」

「えっとね。身体の外に出た魔力の先っぽの方をぎゅって固めて糸にしようとしてるの。でも、全然上手くいかなくて」

アヤちゃんの説明に、俺は首を傾げた。

先っぽ？　魔力の先っぽってなんだ……？

魔力を体外に出すと霧のように広がる。その縁のことを『先っぽ』と言ってるのかな？　だとしたら糸にするのは難しいと思うけどな。身体の外に出てるし。

もっと身体の近く……本当に身体から魔力が出るタイミングで魔力をコントロールしないと糸にならないはずだ。だから、俺はアヤちゃんの手を取った。

「あのね、アヤちゃん。魔力は先の方を動かそうとしても動かないよ」

「そうなの？　でも、パパはそうやるって言ってたよ」

マジ？　それなら俺のやり方が間違ってんのかな。でも、俺は出来てるしな。

このまま教えちゃおう。

「手から魔力を出すときに、出しながら糸にしないといけないんだよ」

「出しながら……？」

「そう！　アヤちゃん。手から魔力を出してみて」

ふわっとアヤちゃんの手が温かくなる。正確には、アヤちゃんの手の周りが温かくなっているのだ。魔力が外に出ているから。

「いま魔力を出してるでしょ？　この魔力が一本の糸になるようにできる？」

「……やってみる」

アヤちゃんはそう言いながら手元に集中して魔力を動かし始める。ぎこちなく、まだ慣れていないように見えるけど、それでもちゃんと動いて寄り集まっていく。

次の瞬間、俺の目の前でアヤちゃんの魔力が糸になった。俺の前で導糸が見えたのだ。だが、すぐに形が保てなくなったのか霧散した。

「アヤちゃん！　いま出来てたよ！」

「ほんと!?　でも、すぐに消えちゃったけど……」

「もう一回やってみようよ！」

「うん！」

アヤちゃんは勢いよく頷いてから再び絲術に挑戦。手のひらに魔力を集めてから魔力を捻っていく。その瞬間、捻れた魔力は輝きを増して俺の目に映った。映るのだが……ちょっと太い。糸というよりも棒みたいだ。指よりも太いぞ。

「アヤちゃん。もうちょっと細くできる？」

「む！　やってみる」

そう言ったアヤちゃんは目を瞑ると「むむ……」と集中モード。しかし、アヤちゃんの魔力棒は全然細くならない。それはアヤちゃんも分かるのか、眉がどんどん顰められていく。顰められた先で、棒が内側から飛び散った。

「わぁーっ！　ダメ！　全然上手くできない！」

「ん。導糸が太すぎたからだね」

俺がアヤちゃんに伝えると、すかさず黒服のお兄さんがアヤちゃんにアドバイス。

「導糸が太いときは魔力の出しすぎですね。もう少し魔力を減らした方が良いですよ」

「やってみる！」

アヤちゃんは素直にそのアドバイスを聞き入れて再び絲術に挑戦。さっきと違って手のひらに集まる魔力量は少ない。だが、その効果かどうか知らないがちゃんと糸になっていく。

なっていくのだが、十センチほどまで伸びたところで止まってしまった。

分かる。最初の頃って全然伸びないよね導糸。

「できた！　できたよ、イツキくん！」

「すごい！　すごいよ、アヤちゃん！」

しかしアヤちゃんは長さなんて気にした様子もなく、俺の手を掴んだまま何度もジャンプ。

その素直さというか、元気さに圧倒されていると隣で黒服のお兄さんが拍手。

「……すごいですね。五歳で導糸を扱えるようになるなんて。私が使えるようになったのは六歳のときでしたよ」

そう漏らすお兄さんだが、絲術は七歳までに覚える技術のはず。なので、お兄さんも習得が早いことに変わりないと思うんだけど。違うのかな。

「アヤ様。糸を出す感覚を掴まれたら後はそれを伸ばしていくだけです。導糸の距離はそのまま魔法の射程になりますから練習がんばってくださいね」

「魔法の射程って伸びたら良いことあるんですか？」

「もちろん。高位の〝魔〟は魔法を使いますから魔法の撃ち合いになったときに射程が長いと一方的に魔法を使えます。もしアヤ様が優れた祓魔師になるのであれば射程の長さは必須です」

「わっ！　頑張ります！」

お兄さんからそう言われてアヤちゃんが頷く。それを聞いた俺はなんとも言えない気持ちになって顔をしかめていた。なんで顔をしかめたかというと、モンスターが魔法を使うという知りたくない情報を聞いてしまったからだ。祓魔師の殉職率が高い理由ってそういうことか。

それにお兄さんは導糸の射程が長いと一方的にモンスターを撃てると言っていたが、それは裏を返せばモンスターに比べて祓魔師の射程が短いと一方的に被弾するということ。

となると、俺も導糸の距離を伸ばす練習はした方が良いな。

「イツキ様はどうでしょう？　他の属性変化は出来ましたか？」

「うん！　出来たよ！」

そういえばまだ言っていなかったな、と思いつつお兄さんにそう報告するとお兄さんは一瞬フリーズ。そして、眉を顰めながら「本当に……？」と聞いてきた。

「うん。本当だよ」

俺は頷くと同時に導糸を用意。こういうのは見せた方が早い。

「あのね。まずこれが火と風でしょ？」

狙うのはさっきからお世話になっている居合斬りの的。それに糸を絡ませてから属性変化。変化させた瞬間、激しい暴風によって的は吹き上げられ上空で燃えた。

「次に、水と木」

上空で燃えている的に向かって導糸を伸ばす。水に変化した導糸が炎を消すと、無数の枝木に変化した糸が空から落ちてくる的を受け止めた。

「最後に土でしょ」

そう言いながら俺は導糸を変化。土、と言いつつも変化させるのは岩。塊であるそれを導糸を通して、放った。糸を伝わるその投擲が外れるわけもなく的に当たると、ドゴッ！　と、良い音を立てて的を貫通。思ったより勢いあったな。

「ほら！　これで全部」

「……なるほど。どうやら私はイツキ様の才能を見くびっていたようです。こんなに早く基礎属性を修められるとは」

「火が使えたから、他のもやり方は同じだって思ったの！」

「えぇ、それはそうなのですが……」

お兄さんは歯切れが悪くそう言ってから、霧散していく俺の魔法たちを見た。

「基礎属性をここまで修められたのであれば、次は形質変化か複合属性変化の練習をした方が良いでしょう。とはいえ、普通の祓魔師は形質変化から練習するのが常なのですが」

「どうして？」

「そちらの方が簡単だからです。導糸も一本で良いですからね」

「……たしかに」

言われてみればそうだな。変化は一本につき一つまでなんだから。

「じゃあ次は形質変化の練習する！」

「えぇ、ぜひ。とはいっても、基礎属性の変化よりも形質変化は遥かに難しいですよ。それでも練習されますか？」

「うん。早く魔法を使いたいから」

「それなら、私はイツキ様の邪魔にならないようにいたしましょう」

「邪魔じゃないよ！」

むしろもっと魔法のことを教えてほしい。今の俺には分からないことだらけだから。

俺がお兄さんを引き止めると黒服のお兄さんは少しだけ目を丸くしてから、微笑んだ。

「では、続けましょうか。イツキ様の学習速度なら、きっと会合が終わるまでに形質変化もある程度マスター出来るでしょう。覚えてしまって宗一郎様を驚かしませんか？」

「うん！　やる！」

それはとても面白そうなので頷いた。

結局、俺とアヤちゃんとお兄さんの魔法トレーニングは太陽が山の向こうに沈んで、薄暗くなるまで続いた。

俺はひたすら形質変化の練習をしたし、アヤちゃんは出来るようになったばかりの導糸を伸ばす練習をした。そんな楽しい魔法の練習が終わったのは、会合を終えた父親とレンジさんがやってきたときだった。

「ここにいたのか、イツキ。探したぞ」

「パパ！」

疲れた顔をしてやってきた父親に走って駆け寄る。父親は俺を抱きかかえると肩にのせてくれた。

「もう話し合いは終わったの？」

「うむ。少し早かったがな。イツキは何をしていたんだ？」

「魔法の練習してたよ。お兄さんに教えてもらってたんだ」

そう言うと、父親がお兄さんに視線を向けて頭を下げた。

「すまん。イツキのワガママに付き合わせてしまったようだ」

「お気になさらず。当主からの指示ですから」

「アカネ殿か」

アカネさんって名前はめっちゃ日本人ぽいんだよな。ぽいんだけど……うーん、見た目がなぁ……。金髪だからあんまり日本人ぽくないというか……。

「アヤはイツキくんと一緒に魔法の練習？」

「うん！　あのね、導糸出せるようになったよ！」

「……絲術を？」

俺がアカネさんの名前と見た目のミスマッチを気にしている間に、レンジさんがアヤちゃんを抱き上げていた。

「ちょっとしか出せないんだけどね！　でも、出せるようになったの！　イツキくんとね、お兄さんが教えてくれたの」

「……そうか。いや、すごいね」

レンジさんがアヤちゃんの頭を撫でながらお兄さんに礼をして、俺にも軽く礼をしてきたからグッドポーズで答える。

それがちゃんと伝わったのを見て、俺とレンジさんは仲良しなのだ。

「ねぇ、パパ。どんな話をしてたの」

「うむ。大人の話だ。脅威となる〝魔〟や、『月なし』……あぁ、一般の祓魔師たちの話だな。才能ある子がいるから誰が育てるか、そんな話だ。パパの知っている限り、イツキが一番天才だがな！」

わはは、と笑う親バカを置いといて、俺は気になった言葉を尋ねた。

「『月なし』って何？」

「ん？　そうだな。イッキは如月と漢字で書けるか？」

「うん！　前にね、パパから教えてもらったから」

「む！　あれで覚えたのか。イッキは賢いな。それで、如月には名前に『月』という漢字が入っているだろう？」

「うん」

「レンジの家の霜月家。同い歳の子がいる皐月家も同じように月が入っているだろう。このように名前に月が入っている家が全てで十あってな。昔から有力な祓魔師を生み出してきた家だから『月あり』というのだ」

「じゃ、僕も『月あり』なの？」

「あぁ、そうだ。そして、そうではない家のことを総称して『月なし』と呼ぶ」

「ほぇ……」

そういえば『神在月』も月が入っているな。『月あり』だ。

「『月なし』の子らは祓魔の才能があっても両親が祓魔師でないが故に、七つになっても絲術はおろか廻術も使えぬこともあってな。無論、一般的な祓魔師の家系に生まれることもあるが……どちらにしろ早いうちに祓魔の才能を磨く必要がある」

「磨かないとどうなるの？」

「〝魔〟に喰われて死ぬ」

き、聞くんじゃなかった……。

でも、そうだよな。祓魔師の才能は魔力量に関係してくるんだから、身を守る術を持たない子どもがそのまま放って置かれたらモンスターに喰われて死ぬよな……。

俺がそう戦々恐々としていると、父親に「大丈夫だ」と声をかけられた。

「うちには結界がある。イツキが心配することはないぞ！」

「むむ……！」

そう言われればそうなんだけど。

俺が父親の肩の上で唸っていると、父親が俺の太ももに手を当ててから口を開いた。

「そうだ。今日の話で出たのだが、そろそろパパの仕事を見学しないか？」

「見学？　祓魔師の？」

「パパもイツキくらいの頃はな、お前のおじいちゃんの仕事について良く見て回ったものだ」

「おじいちゃん……？」

俺はおじいちゃんに会ったことが無いので思わず語尾に疑問が付く。

もしかしたら家の遺影ゾーンに並んでいるかも知れないが、だとして会ったこととしてカウントはされないだろう。写真だし。

しかも、あの遺影ゾーンは俺のお兄ちゃんだかお姉ちゃんと思しき赤ちゃんの遺影を見てから近寄っていない。あそこにいると自分もそうなるんじゃないかなんて、恐怖がにじみ出てくるのだ。

「ねぇ、パパ。祓魔師の仕事って僕が見ても大丈夫なの？」

「あぁ、もちろん。邪魔にはならんぞ。パパは強いからな！」

ガハハと笑う父親に、俺はさらに追加で尋ねた。

「僕、死なない？」

「イツキが見学するなら第一階位か第二階位の弱い〝魔〟だな。それより強い〝魔〟は流石にパパと一緒には見学できんぞ！」

俺は父親の言葉に安心を覚えると同時に、黙り込んだ。

……正直なところを言うと、父親の仕事はとても見てみたい。

だって、俺が見たことある実戦での魔法は一つだけ。三歳の『七五三』のときに車に張り付いたモンスターを父親が燃やしたアレだけだ。

今日、黒服のお兄さんにいろんな魔法を教えてもらったが、それだって実戦向けのものじゃない。だから、見たい。祓魔師が実戦でどんな魔法を使うのか。俺が作り出した魔法が、一体どこまで実戦で通用するのか。

ただ……見たい気持ちと同じくらい強い死への恐怖がまだある。こんなこと、誰に言えるわけでもないのだけれど……本当に死ぬのが怖いのだ。

五年前、通り魔に刺されて死んだ痛みをまだ覚えているのだ。あの胸の痛みと、血が流れる感触をすぐに思い出せるのだ。だから、死にたくない。

そこまで考えて、俺は首を横に振った。

……違う。

そんなネガティブな考えは捨てるって決めたはずだ。死ぬことを恐れるんじゃなくて、死なないために強くなるって決めたじゃないか。

俺はぎゅっと手を握りしめて、覚悟を決めると父親を見た。

「うん、見たい。……僕、パパが戦うところを見てみたいよ」

「おおっ！」

俺が頷くや否や、父親の声が歓喜に弾んだ。

「そうかそうか！　そんなにか！　よしよし。すぐにでも行こう。そうだな。明日とかどうだ。うん。それが良いな。明日行こう。明日！」

「明日⁉」

それはあまりにも早すぎるというか、行動力が高すぎるというか。

俺は少し驚いたが逆に日数が空くと、せっかく決めた覚悟が揺らぐかも……と、思うと逆にそれでも良い気がしてきた。うん。じゃあ、ここは父親の提案に乗ろう。

興奮した父親が俺を肩車から下ろすのと、ボロボロになった修練場を月明かりが照らしたのはほとんど同時だった。

「む？　そういえば、これはどういう状況なんだ？」

そういえばまだ父親には披露してなかったな、と思い俺は覚えたばかりの『属性変化』を父親に見せた。我が父は腰を抜かして驚いていた。

さて、翌日。

既に日は高く昇り、そろそろお昼ごはんの頃かな……というタイミングで鳴ったスマホを手に取った父親は数度、応答してからスマホをしまった。

「イツキ、仕事が入った。一緒に行こう」

「うん！」

お昼ごはんを作っていた母親に「行ってくるね！」と挨拶して、父親の後ろを追いかける。

すると、父親は今まで俺が足の運んだことがない家の裏手に回った。

そこには、見たことのない黒いセダンが停まっていて、

「イツキは助手席に乗ると良い」

「これパパの車？」

「そうだ。ちゃんとシートベルトをつけるように」

「パパって運転もできるの？」

「もちろんだ。パパは何でもできるぞ」

答えになっているのかいないのか。よく分からない返答が来たので俺は困惑。いつものことと言えばいつものことではあるのだが。

「シートベルトはつけたな？　それなら出発だが……これから向かう場所は、イツキには刺激が強いかもしれない。ただ、祓魔師としてやっていくなら絶対に避けては通れぬ。今のうちから慣れておけ」

「う、うん……」

急に父親から怖いことを言われて、俺は思わず頷いた。

……ど、どこに行くんだろう。

洋画で見た戦場に向かう兵士長みたいなことを言うものだから、俺の恐怖度も上がる。しかし、そんな俺とは対照的にいつも通りの顔色で父親はアクセルを踏む。車が加速。

昨日決めたばかりの覚悟がゆらぎ始める暇もなく、車道に入った。

普段どうやって父親が仕事に行ってるのか疑問だったけど、普通に車使ってたんだね。

「今日の相手は第一階位の〝魔〟だ。出現場所は一軒家。既に警察……お巡りさんが一般人に近づかないようにしてくれている」

いや、別に警察だけ言い直さなくても……。

なんて俺がツッコミを入れる間もなく、父親はハンドルを切ると車一台入れるかどうかという住宅街の細い道に入った。

「ねぇ、パパ。お巡りさんってモンスターのこと知ってるの？」

「知っている者と知らない者がいる。だが、上層部はみんな知っているぞ」

「そうなんだ……」

警察が知ってるってことはこの世界でモンスターは一般的な認知をされているのかな。でも知らない人もいるのか。どういう扱いなんだろう？

そんなことを考えている間にも車は住宅街の合間を縫い、太陽の光を反射して輝くパトカーの隣で止まった。そんなパトカーのすぐ近くには普通の一軒家。しかし、普通でないのはドラマや映画でしか見たことのない『ＫＥＥＰ　ＯＵＴ』と書かれた黄色いテープで封鎖されているところだ。一目見ただけで分かる。ここだ。

しかも一軒家の前には二人の警官が立っており、俺たちの車を見ていた。とはいえ、意外なことに住宅街でこんな目立っているのに野次馬は誰もいない。

「普通の家……だよ？」

「あぁ、弱い〝魔〟はこういうところに湧く」

父親はそう言うとサイドブレーキを引き、シートベルトを外しながら俺を見た。

「これから何があってもパパの側から離れるなよ」

車から降りる父親に続いて車から降りる。そして言いつけ通りに父親の側に付く。

「お待ちしておりました。宗一郎さん」

「遅くなった」

軽い応答を済ませ黄色いテープをくぐって中に入ろうとした瞬間、警察官が俺を見た。

「そちらの子は？」

「息子だ」

警察官の問いかけに短く父親が答える。

……まぁ、五歳児が事件現場に入ろうとしてたら見るわな。俺だって気になるもん。しかし答え方がそっけないな……と思っていたのだが警察官からはそれ以上、何も言われなかった。

それで良いのか。祓魔師ってもしかして偉い？

内心で首を傾げながら、父親の後ろを追いかけるようにして黄色いテープの下をくぐる。

「鍵は開いているみたいだな……」

そう言いながら父親が玄関の扉を引くと、何の抵抗もなく開いた。玄関には綺麗に並べられた大きな靴が二つと、その隣にとても小さな靴が揃えられている。そして、靴箱の近くにはとても小さな三輪車。

この家には俺と歳の近い子がいるのかも知れない。

俺が三輪車を見ていると、なんだか変な臭いが鼻を刺した。その臭いをなんと言えば良いんだろう。鉄の臭いというか、サビの臭いというか。普通家の中から漂ってくることはない異臭。

臭いに気を取られていると、父親が一言。

「イツキ。靴は履いたままだ。何が起きるか分からないからな」

そして、父親はそのまま土足で他人の家に上がり込んだ。

マジか。結構、抵抗感あるぞ……。

しかし父親がそう言うのならそれが正しいのだろう。何しろ父親は歴戦の祓魔師なのだから。

俺は言われるがまま靴を履いたまま他人の家に上がる。

玄関マットを靴越しに踏むなんとも言えない感情を処理していると、父親が俺に振り向いた。

「イツキ。もっとこっちに来い」

「うん」

俺が近寄った瞬間、父親の手のひらから導糸が伸びると球を作った。

「なにこれ？」

「結界だ。〝魔〟が入ってきた瞬間、自動的に相手を攻撃する」

導糸ってそんな風に使えるんだ⁉

昨日のやり取りでは黒服のお兄さんから教えてもらっていない魔法の使い方に思わず驚愕。

多分だけどこれは昨日習った属性変化の方じゃない。形質変化の方だ。

祓魔師の仕事見学に来れば実戦的な魔法を見られると思っていたが、こんなに早く見れたのは予想外だった。結界魔法か、後で自主練しておこう。

父親は魔法の結界を完成させると、踵を返して廊下の奥へと向かう。それに遅れないよう小走りで駆け出した俺が見たのは地面に落ちている点々とした黒い跡。それが何なのか考える暇もなく俺は父親の後ろを追う。

家の中は至って普通の作りをしていた。前世では一般人だった俺からすると、いま住んでいる家よりも親しみがあるくらいには。

そんな廊下を抜けてリビングに入ると、父親がふと立ち止まった。

「パパ。どうしたの？」

「……イツキ。深呼吸しろ」

「うん？　うん」

父親に言われるがままに俺は三回深呼吸。その深呼吸の最中、大きく息を吸い込んだ瞬間に、さっきから感じていた異臭がより強く鼻の奥を刺激する。

……さっきから何なんだ。この臭い。

「覚悟が決まったら、入れ」

「……うん」

俺は頷くと同時に、リビングに入った。

入った瞬間見えたのは、壁一面の赤だった。テレビも、ソファーも、カーペットも、壁紙も、何もかもが真っ赤に染まっていた。違う。赤を通り越して、黒くなっていた。

そして、その赤の中心にはかろうじて人と分かるくらいの肉の塊が潰れていて、

「な……っ！　なに、これ……！」

なんとか俺が絞りだした言葉がそれだった。あまりの衝撃に、涙もでなかった。目の前の光景があまりに非現実すぎて、とてもじゃないがそれを受け入れられなかった。

「第二階位の〝魔〟だな。人から魔力を喰うために、より酷い方法で人を殺す」

「で、でも……これ……」

何をどう言葉にすれば良いのか分かっていない俺とは違い、とても慣れた手付きで父親は両手を合わせていた。俺もそれを見習って、ぶるぶる震える手を頑張って合わせる。

足元がふわふわと揺れて、綿毛の上にでも立っているみたいになる。まるで夢でも見てるんじゃないかと思ってしまう。けれど、むせ返るような血の臭いが強く鼻を刺す。

否が応でも現実なのだと教えてくる。

「これをやった〝魔〟を祓うのが今日の仕事だ。絶対にこの家にいるはずだからな」

「分かるの？」

「ああ。パパに連絡をくれたお巡りさんは祓魔師なんだ。第一階位だからこの家の〝魔〟は祓えないけどな。〝魔〟を一時的に閉じ込めるくらいの結界は作れる」

「そうなんだ……」

俺はなんとか頷きながら、心の冷静な部分で状況を噛み締めた。

勉強になることばかりだ。やっぱりついてきて良かった。

不謹慎かも知れないが、そう思う。

いや、違う。そう思わないと現実感を保てないのかも知れない。

俺と父親はそのままの流れでキッチンに向かったが、不発。そこには何もいなかった。さらに風呂場やトイレなども見たが、こっちもいない。それで一階を虱潰しに見たことになるが、いないということは二階しかない。

俺と目の合った父親が階段に足をかけた。

ぎい、と重い木のしなる音がしたのと二階から導糸が伸びてくるのは同時だった。

「パパ！」

俺の身体は勝手に動いていた。

目の前に導糸で壁を作ると、昨日習ったばかりの形質変化を発動。だが、不慣れなために全ての動きがぎこちない。

……くそっ！　昨日もっとちゃんと練習すれば良かった！

心の中で愚痴った瞬間、二階から降りてきた導糸が変化。

ギィイイイン！！！

刹那、金属同士が激突したみたいな音が家中に響いた。

「パパ！　上！　上にいるよ！」

「……ッ！」

顔色を変えた父親が地面を蹴る。

その瞬間、父親の身体がぐん、と加速。一足で二階まで飛び上がった！

「えっ⁉」

意味の分からない身体能力に思わず声が漏れる。だが、驚いたままではいられない。俺も急いでその後ろを追いかけた。

モンスターは魔法を使う。分かっていたのに油断していた自分に嫌気と恐怖を感じて、自省する。魔力量が多いからと油断してはいけないのだ。もっともっと強くならないと。

俺が決意を固めながら二階に上がると、廊下のど真ん中にトレンチコートを着込んだ灰色の男が二人、立っていた。だが、見て分かる。人じゃない。

『も、も、もう来たァ……！』

『お、お、遅すぎ――』

二体いるモンスターの片方。最も階段から近い場所にいたモンスターがまだ何かを言いかけている瞬間に、父親の拳が炸裂。

ドウッ！　と、唸りを持って後方に吹き飛んだモンスターの身体が壁にぶつかってバウンド。その首には父親の導糸が結びついている。すかさず父親が腕を引く。それにつられてモンスターの身体が、まるでヨーヨーみたいに父親のところに戻ってくる。

そこに、二撃目が放たれる。それを見事に喰らったモンスターは身体をくの字に折って床に倒れ込んだ。

「よくも俺の子どもに手を出したな」

それを見下ろして、冷酷に父親が吐き捨てた。そんな父親の右腕には導糸が絡みついている。人間のものと思えない筋力……『身体強化』？　そういう魔法もあるのか？

一方で視線を動かしてみれば床に倒れ込んで動かないモンスターの胸はまるで砲弾でも喰らったかのようにべっこりと凹んでいる。そしてモンスターは血のような黒い何かを吐き出すと、そのまま黒い霧になって消えていく。

「俺の子どもに手を出すってことは、殺されても文句は言えんということだ」

『だ、だ、だったら、連れてくんなァ……！』

ぐぅの音も出ない正論をモンスターからもらうとは思わなかったが、しかし父親がそれに返したのは言葉ではなく導糸。一直線に走ってモンスターを捉えると、次の瞬間にバラバラに断ち切った。

「イツキ。大丈夫か？」

「……う、うん。なんともないよ」

う、嘘でしょ……。うちの父親ってこんなに強かったの……？

一瞬でモンスターを二体も祓ったのに、それを当たり前と言わんばかりな父親の態度はこんな状況に慣れきっているってことなんだろう。

……すごい。

「〝魔〟を祓った。あとはこの家にいるはずの被害者二人を見つければ今日の仕事は終わりだ。楓が昼ごはんを作っているから、早く帰ろう」

「うん」

父親がそう言うものだから、俺は頷くことしか出来なかった。そうか、父親にとって昼ごはんを食べるとモンスターを祓うは同じところにあるんだ。日常になってるんだ。

「恐らくリビングにいたのが父親だろう。母親と子どもがどこかにいるはずだ」

「……ん」

「まだ生きていれば良いがな」

そう言いながら俺と父親は二階の部屋を物色していく。最初に入ったのは子ども部屋だった。赤ちゃんが寝るようなベッドがあって、ほかにもぬいぐるみとかおもちゃとかが散らかっている普通の部屋。

だが、そこには何もいない。

次に入ったのは子ども用品が山のように置かれている部屋だった。多分、物置みたいにして使っていたんだろう。けれど、そこにも何もいない。

三つ目に入ったのは、寝室だった。二つのベッドが並べておいてあって、その隣にはクローゼットと思われる扉がある。だが、その扉の前には女の人がまるで何かから守るように立っていて、立ったまま死んでいた。

「イツキ」

「……ううん。僕、大丈夫だよ」

父親が気を使ってくれるのだが、不思議と俺は大丈夫だった。さっきの現実味が湧かないものよりも、よっぽど鮮明なのに。

どうしてだろう、と部屋の中を眺めながら考える。どうして俺は誰かが死んでいるのを見ても心が動かないいんだろう。無関係の人だからだろうか。いや俺が一度、死んでいるからだろう。殺された恐怖が、どんな恐怖よりも自分の中で大きい。

だから、きっと人の死で心が動かないのだ。

「……失礼する」

そうやって俺が自分の心と折り合いをつけていると、父親は立ったままの女の人に頭を下げると導糸を伸ばした。そして、死体を動かす。動かして、クローゼットに手をかけようとした瞬間、クローゼットから導糸が伸びた。

ふと違和感を覚えたのか。父親は後ろに飛ぶと俺の身体を摑んで距離を取る。

次の瞬間、導糸はぐるりと空中で円形をとると魔法になった。

ドガッ！　まるで、工事現場の重機みたいな音を立てて、寝室の床に穴が空く。

すごい衝撃を真下に向かって叩きつける魔法か。一階で潰されていた人はこの魔法で死んだんだ。俺は父親に担がれたまま壊れた床を見た。

しかし父親は動きを止めず余った腕で導糸を放つと強制的にクローゼットを開いた。

『み、み、見つかったァ……！』

出てきたのは、さっきと同じようにトレンチコートを着たモンスター。それがまるでかくれんぼで見つかった子どものように大きく口を開いて笑う。だが、クローゼットの中にいたのはそいつだけじゃない。そいつの腕の中で虚ろな表情を浮かべている……三歳くらいの女の子。

その子がぱちりと俺を見た。生きてる。

まだ、生きている！

『て、て、手ェだしたら……。お、おわ、終わり！』

「ううん。もう遅いって」

喋っているのをぼんやり待つほど、悠長な状況じゃないことくらい俺にだって分かる。

だから、魔法を使った。

モンスターが俺の魔法に気がつくより、モンスターが女の子に牙を伸ばすよりも速く、ずっと速く祓える魔法を。生み出すのは二本の導糸。『属性変化：風』と『形質変化：刃』に変化させて編むと、それは見えない刃が迅速にモンスターを斬り飛ばす魔法になる。

だからその名前を、

「『風刃』」

刹那、バズッ！　と、すさまじい音を立てて、モンスターの首が消し飛んだ。

それだけにとどまらず、クローゼットにバシィ！　さらに斬り傷を刻みつける。

『風刃』は俺が生み出した魔法の中で、今のところ一番速くて使い勝手が良い魔法だ。とはいえ、完全に加速させすぎだ。

俺が反省すると同時に、モンスターの身体が黒い霧になっていく。それにより、女の子がモンスターから解放されて、どた、と床に落ちた。

「大丈夫⁉」

俺は父親の腕から抜け出して、女の子に駆け寄る。

第一印象は『とても小さな子』だった。まだ三歳とか、四歳とかに見える。多分だけど、今の俺よりも歳下。そして、とても可愛い子。

けれど、そんな女の子のおかしなところが一つ。女の子の右半身が青とも紫ともつかないような、そんな不気味な色に変色しているのだ。

まるでそこだけ着色したみたいな、毒々しい色。

「パパ！　大変！」

「……見せてくれ」

俺と位置を入れ替わるようにして、女の子を見た父親が一言漏らした。

「まずいな。『生成り』だ」

「なまなり……？」

初めて聞く言葉だ。

俺の問いかけに父親は眉を顰めたまま頷いた。

「人が〝魔〟になる。その途中のことだ」

「えっ⁉ 人ってモンスターになるの？」

「なる。子どもの頃は自分の輪郭があやふやなのだ。そんな時に長く〝魔〟と過ごせば、段々と身体が〝魔〟になる。それを生成りと呼ぶ」

「そ、それって……。じゃあ、女の子は……」

「あと一時間も経たず〝魔〟になる。そうなれば、祓わなければならない」

「…………」

あまりのことに俺は一瞬、言葉を忘れた。

「ど、どうにか出来ないの⁉ 可哀想だよ！」

「もちろん、対処法はある。生成りはすぐに処置すれば助かるものだ」

「だったら……」

助かるんじゃないの、と言いかけた俺を遮るように父親は静かに首を横に振った。

「パパには……できない。生成りを止めるためには、人の輪郭を内側から定める必要がある。だがな、パパとこの子は明らかに年齢も性別も違っている。だから、専門家じゃないパパがこの子を治せば、この子は歪なまま育ってしまう」

「で、でも死ぬよりは……」

どんな形であれ、死ぬよりはマシなはずなんだ。そうじゃないのか。

そう思う俺に、父親はどこまでも淡々と言葉を紡いだ。

「違う、イツキ。不完全な治療では、すぐに〝魔〟に戻る。生成りは簡単に再発するのだ。それは最初の輪郭形成を正しく行わないから……そうなる。ここで、この子を治しきれなければ、この子はいつ〝魔〟になるか分からない爆弾を抱えて生きていくことになる」

「…………」

「パパは生成りから半端な形で人に戻された人たちを数多く見てきた。だが、みな死んだ。なぜだと思う？　自殺だ。人としての輪郭が壊れてしまえば、あとはそうするしかないんだ」

父親の押し殺したような声に、俺は何も言えなかった。

だってそれは、明らかな経験則から来る言葉だったから。初めて祓魔師の仕事を見る俺と違って、父親は何年も何年もこの仕事をやってきた。だから、分かってるんだ。ここで中途半端に女の子を助けても助からないことを。

「ここでこの子を祓う。イツキは離れていなさい」

知っているから、そんなことを言うのだ。

俺はぎゅっと自分の手を握りしめた。分かっている。父親の言っていることが正論だってことは分かってる。

でも、俺だって知ってる。死ぬことがどれだけ辛いか。どれだけ苦しいか。あんなことになるくらいなら、どんな手を使っても生き延びたいと思う人の気持ちを知ってるのだ。

だから、俺は父親の袖を引っ張った。

「待って、パパ。僕がやる」

「……何？」

「僕が女の子を助ける。やり方を教えて」

「……イツキ。お前」

俺の言葉に父親が明らかに困惑。

困惑したままの父親に俺は続けた。

「だって、パパが言ったんだよ。『歳も性別も違ってるから無理』って。でも、僕は歳が同じくらいでしょ？　だから、僕がやる」

「…………」

その時に父親が見せた顔は、初めて見る表情だった。

とても考えている顔。俺に女の子を任せるべきかどうかを悩んでいる顔。

しかし、その思考も長くは続かず父親は深く頷いた。

「分かった。イツキに対処を任せる」

「どうすればいいの？」

「導糸(シルベイト)を女の子の心臓に垂らせ。それで魔力(まりょく)を共鳴させるのだ」

「きょう、めい……？」

聞いたことのない言葉に、俺は首を傾(かし)げた。

「深く考える必要はない。イツキは歳(とし)が近いから、共鳴は勝手に始まる。共鳴状態になれば、意識がこの子に引っ張られる感覚があるはずだ」

「うん。そうなったら、どうすればいいの？」

「この子の内側に潜(ひそ)む〝魔(ま)〟を祓(はら)え」

「……う！」

なんか最後だけ力押しだな……？

なんて、俺が疑問に思ったまま女の子を見ると、さっきまで身体(からだ)の半分までだった紫(むらさき)が、今はもう七割くらいになっていた。時間が無いんだ、と思いつつ素早(すばや)く導糸(シルベイト)を練って女の子の胸に垂らした。

そっと糸を下ろした瞬間(しゅんかん)、ずっ……！　と、俺の意識が無理やり女の子に引っ張られた。

これがさっき言ってたやつか……！

俺がそれを知覚するのと同時。どぷ、とまるで水の中に落ちるような感覚と共に、俺の意識が女の子の中に入った。

入った瞬間、俺の足に伝わってきたのはフローリングの感覚。周りを見るとさっきと同じ部屋の中にいて、

「……あれ？」

失敗したと思ったが、周囲を見ても父親がいない。それに窓の外が夜になっている。さっきまで昼だったのに。じゃあ、成功したのか？

成功したのであれば、どこかにモンスターがいるはずだ。それを祓えば、女の子は助かる。それにしてはモンスターの姿がない。どこにいるんだろうか。

そんなことを考えていると、

ドンッッツツツ！！！

凄まじい轟音が一階の方から聞こえてきた。

「……ッ⁉」

突然聞こえてきた音に思わず全身を硬くした俺だったが音の聞こえた方に行こうとした瞬間、寝室の扉が開いた。そして、女の子だけが入ってきた。いや、投げ入れられた。

入ってきた女の子は……間違えるはずもない。生成りに成っていた女の子だ。

その子はすぐに起き上がると、泣きながら扉にすがりついた。

「ママ！　いや！　ママ！」

そして、再び異音。扉の向こう側で水風船が破裂するような音が響くのと、女の子の前に俺

が出るのは同時だった。

瞬間、素早く扉が開かれる。そこにいたのは、トレンチコートを着た男。その足元には、さっきまでクローゼットの前に立っていた女の人の死体が転がっている。

それを見て、俺はこの光景の全てを理解した。

これはこの子のトラウマなんだ。それが、いま目の前で繰り広げられている。

泣いていた女の子がその女の人の死体を見るより前に、俺がそっと手で目を塞いだ。

「もう大丈夫」

思わず口を付いてそんな言葉が出てきた。そして、目の前にいたモンスターを導糸で捕縛。女の子の目を閉じたことで、初めてその子は俺の存在に気がついたようで、

「……だれ？」

「祓魔師だよ」

今までそう思ったことなんて一度もないのに、不思議とそう言った。そう言わないといけない気もした。そう言ったら、さらに女の子を守らないといけない気がした。

「助けに来たんだ」

だからモンスターをバラバラに刻んで、祓った。

その瞬間、ぶわっ！　と、すごい勢いで俺の意識が後ろに引っ張られる。景色があやふやになっていく。

そして、目を覚ました瞬間、

「よくやった、イツキ。成功したぞ！」

「……パパ」

俺は父親に抱き抱えられていた。

「上手くできた？」

「あぁ、大成功だ。イツキのおかげでこの子は助かったぞ！」

俺が視線を動かすと、そこには紫色だったなんて夢と勘違いしてしまうほど血色の良い女の子が眠っていた。

父親は俺を下ろすと、代わりに女の子を抱きあげた。

「仕事は終わりだ。よく頑張ったな、イツキ」

「女の子は……？」

「病院に連れて行こう。今は専門家のケアが必要だ」

父親はそう言うと女の子を連れて部屋から出る。俺はその後ろを追いかけた。

警察官によってすぐさま呼ばれた救急車が女の子を病院に運ぶ。それを見送った父親の話によると俺たち祓魔師の仕事はそこで終わり。今後、助けた子に関わることは無いらしい。

「関わることは無いというよりも、関わる時間が無い……という方が正しいか」

「どうして？」

「祓魔師は忙しいからだ」

そう言って車に乗り込む父親に合わせて、俺も車に乗る。

モンスターを祓った後の祓魔師はお役御免。後は全て警察官に任せるらしい。

「特に第四階位以上の祓魔師はあちこちを飛び回る。救った子どもの見舞いなどはする時間がないのだ」

「……そう、なんだ」

運ばれていった女の子のことを思い返す。

母親はあの子を守って死んでいた。きっとリビングで跡形もなく潰されていたのは父親なんだと思う。だとすれば、あの子は両親を失ったことになる。

「じゃあ、あの子はどうなるの？」

「警察が親族を探す。親族がいれば、両親は事故死として扱われて子どもの親権はそちらに移る」

「親戚がいなかったら……？」

「こういう事例に備えて祓魔師が児童養護施設を運営している。その管轄になるだろうな」

児童養護施設。

その単語を頭の中で繰り返す。

「子どもは大人に比べて多くの魔力を出す。だから、先に両親を殺して子どもの魔力を喰うという狩りを行う〝魔〟はそれなりにいる。これはよくある話なのだ。イツキ」

淡々と紡ぐ父親に対して俺は何も言えなかった。

せっかく助けた。助けたけれど、あの子にもう両親はいない。俺は両親を失った子どもがどういう人生を送るかなんて詳しくない。

詳しくないけれど、当たり前の日常が戻らない恐怖は知っている。

「どうにか出来ないのかな……」

ぽつり、と車の中で呟く。父親はその言葉が聞こえていたと思うけれど、何も言わなかった。

何も言わないまま家まで車を走らせた。


その子が意識を取り戻したという話が入ったのは翌日だった。

「イツキ。せっかくの機会だ。見舞いに行くか？」

「え、良いの？」

「ああ、パパも仕事に行くまでは時間があるからな」

思わぬ誘いに、俺は頷いた。

「うん。行くよ！」

あの女の子の名前も知らないけれど、俺が初めて助けられた子だ。不思議と守らなければいけないと思った子だ。だからだろうか。自然とお見舞いに行きたいと思った。

自分が何か出来るとは思わなかったけれど、どうにかしてあげたいと思ったのだ。

前世も合わせて誰かのお見舞いに行くなんて経験は無かったから、母親と一緒に三歳くらいの子が喜びそうなゼリーとかプリンを買って、女の子が入院している総合病院に向かった。

そういう子が入院する場所を小児病棟というらしい。

初めて入った場所だったが、そこには入院した子と同じような歳の女の子や俺と同い歳みたいな子たちが入院していて、看護師さんが忙しくしていた。だけど、俺には看護師さんというよりも保育園の先生みたいにも感じられた。

こっちの人生で俺は保育園にも幼稚園にも通っていなかったけれど。

「ヒナちゃん。入るよ」

第一階位の祓魔師でもあるというお医者さんが扉の前でそう言って、部屋に入る。俺たちもその後ろに続いて入った。

初めて名前を知った女の子は俺たちが病室に入ると、医者の先生を不思議そうな顔で見た。『誰だろう』と言わんばかりの表情だったが、目を向けられた医者の方はそんな視線を向けられることは慣れきっているのか笑顔で続けた。

「お友達が遊びに来てくれたよ」

友達、なんだろうか。

ふと胸の内に湧いた疑問に首を傾げる。そもそも、ヒナちゃんと会話したのは『共鳴』した一瞬だけ。ヒナちゃんが俺のことを知っているとは限らない。

だから変な人が来たと思って泣かれるのは嫌だな……と思っていると、ベッドにいるヒナちゃんが俺の顔を見てパッと笑顔を咲かせた。

「あ、ひ、久しぶり……！」

どうやら泣かれることは無さそうだ……と、思った俺の安心は、しかし女の子の一言によって簡単に崩れ去ることになった。


「あ、にいちゃ！」


まっすぐ、まるで純粋な瞳でその子は俺を見てそう言った。

思わず俺は言葉の意味を考える。にいちゃ、にいちゃ……。あだ名だろうか。だけど、俺の名前はどこにも『に』が入っていない。にいちゃ、なんて呼ばれ方はされないはずだ。後、俺はヒナちゃんに名前を教えていない。

そんなことをつらつらと考えていた俺だったが、一方俺のことを「にいちゃ」なんて呼んだヒナちゃんは俺の後ろにいる両親を指さして、

「ママ！　パパ！」

と、さらに続けた。

これには俺だけではなく、俺の両親も、それだけではなく小児科の先生も固まった。けれど一人だけ固まっていないその子はベッドから飛び降りて、俺たちのところに走ってきた。

「ここ、どこ？」

自分の居場所が分かっていないのかキョロキョロと周囲を見回す。

そんなヒナちゃんの真正面で膝を折って目線を合わせたお医者さんは震える声で尋ねた。

「ヒナちゃん。自分の名前は分かる？」

「ヒナはね。ヒナだよ！」

「そ、そっか。じゃあ、こっちのお友達は？」

元気に答えるヒナちゃんに対して、病院の先生がちらりと俺を見る。

それに対して、ヒナちゃんは満面の笑みで答えた。

「お友達じゃないよ！　あのね、にいちゃなの！」

「にいちゃ……」

にいちゃって、もしかして『お兄ちゃん』のことか？

そんなことを思った瞬間、ヒナちゃんは続けた。

「にいちゃはね、ヒナを守ってくれるんだよ！」

その子が俺の妹になったのは、それから数日後のことだった。

第六章　新しい家族

「そろそろ新しいことをしよう」

「新しいこと？」

「あぁ、体術の練習だ」

初めての仕事についていった日から数日後。

父親から庭先に呼び出され、道着に着替えるなりそう言われた。

季節は冬。十二月に入ったばかりで、冬風吹く庭先は寒いのなんのって。

「体術ってなに？　体操のこと？」

「違う。体術というのは〝魔〟と戦う技術のことだ。とはいっても、普通は〝魔〟を相手にしたときに素手で戦うなんてことはしない。刀を使って戦うのだ」

そう言うと父親はさっきからずっと持っていた長物を覆っていた布を取り払った。すると、そこから出てきたのは黒塗りの鞘。実物を一度も見たことない俺でも、話の流れでそれが何かってことくらいは分かる。本物の日本刀だ。

「これが、刀だ」

「わはは。イツキはまだ小さいからな。刀も長く感じるだろう。持ってみるか？」

「うん」

父親が伸ばした刀を手に取る。取った瞬間、ずっしりとした重さが両腕にかかった。

いや、重たいな⁉

「パパたち祓魔師は魔法と体術で〝魔〟を祓う。イツキが仕事を見たときも普通の家だっただろう？　あんなところで魔法の撃ち合いにはならない。狭い場所、小さい場所でこそ体術が必要なのだ」

そう言われて思い返せば、確かにあの家だと魔法の撃ち合いよりも近接戦の方が多かった。

なんて記憶を遡って、俺は首を傾げた。

素手でモンスターと戦わないなんて言ってたけど、この間は素手で殴ってなかった……？

「パパ、しつもん！」

「どうした？　なんでもパパに聞け」

「どうしても体術の練習しないとダメ？」

俺がそう聞いたのは、前世の苦い記憶があるからだ。

前世の苦い記憶とはつまり学校の体育の授業のことであり、何を隠そう俺は運動音痴なのだ。

何しろ俺は生粋のインドア派。こっちに生まれ直しても七五三と仕事のとき以外は外に出てないからインドアに拍車がかかっている。

そんな俺が体術の練習をしても、意味があるのかと思ったのだが……。

「もちろん練習しないとダメだ」

「どうして？」

「そうだな。例えば前に仕事したあの家。あそこにいたモンスターが素早い動きでイツキの間合いに入ったら、どうする？」

「魔法で壁を作る」

「いや、壁を作る前に殺される。パパの仲間も体術を侮ったやつから死んでいった」

「……う」

父親の言葉はどこまでいっても経験則から来る正論だ。正論で殴られると反論できないし、する気も起きない。だから俺はそれを飲み込んだが、手元にある日本刀を見てから言った。

「でも、パパ。これ重いよ」

「故に最初の訓練は木刀でやる。イツキの分も準備してあるぞ」

「ほんと？」

最初からこんな重たいものを振り回さないで済む安心感を覚えつつも……正直、魔法の練習と違って乗り気になれない自分がいるのも確かだ。しかし、疎かにすれば死ぬと父親に突きつけられてしまった以上、やらないという選択肢もない。

父親は俺に子ども用の木刀を手渡すと、俺の後ろに立った。

「持ち方、誰かに習ったのか？」

「え？　ううん。誰にも習ってないよ」

「そ、そうか。いや、正しい持ち方をしていたからな」

言われて前世で剣道の授業を受けたことを思い出した。意外と覚えてるもんだな。

「よし、まずは最初、簡単な型から教える」

「うん」

「祓魔の家に伝わる剣術もいくつかあるのだがな。パパがイツキに教えるのは『夜刀流』だ」

「やと……？」

どういう文字を書くんだろうか。

「夜刀流は手数で圧倒する攻撃的な剣術だ。まずは基本となる歩法から始める」

父親は大人用の木刀を手にすると俺から離れて構える。そして、足を踏み出した。その右足には『導糸』が絡みついていて――刀を振るった。

ドウッ!!!!　と空気が破裂した。何もない虚空が弾けたのが俺には見えた。

わずかに遅れて発生した衝撃波によって、びりびりと頬が震えた。

父親が振り下ろした地面には、木刀が触れてもないのに真っ直ぐに斬り傷が入っていた。その深さは、およそ五センチ弱。

なにそれ……。

意味の分からぬ踏み込みに俺がドン引きしていると、父親がとても落ち着いた様子で俺に振り向いた。

「これが踏み込みだ」

どれが……？

全く違う剣術を前にして、俺は思わず心の中で漏らした。

いやいや、これ剣術ってよりも魔法じゃん！

「コツは足に導糸を絡みつけ強化することだ。それにより爆発的な踏み込みが可能になる」

やっぱり魔法じゃないか。というか、さらっと強化って言ったな。祓魔の仕事をしたときに父親が身体に導糸を巻き付けていたのを『身体強化』じゃないかと思ってたけど、その読みが当たってたってことか。

なるほど、父親の言っている体術は魔法を使った近接戦のこと。そりゃサボれば死ぬわな。

ただ、気になることが一つ。

「ねぇ、パパ。しつもん！」

「どうした？　パパのことをパパ師匠と呼んでもいいぞ」

「それって魔法じゃないの？」

父親の発言を軽く無視して、尋ねる。

身体に導糸を巻き付けて強化するなら魔法だろうと思って聞いたのだが、父親は『何を言ってるんだ？』というような表情を浮かべて続けた。

「刀を振るっているんだから体術だろう」

「……む」

なるほど。そうなるのか。

……いや、そうはならなくない？

「イツキもやってみろ」

「うゆ」

しかし、分類なんて正直言ってどうでも良い。大事なのはちゃんと剣術を扱えることだ。俺は父親の見様見真似で右足に導糸を巻き付け身体強化をやろうとして……止まった。そういえば、身体強化ってどうやってやれば良いんだ？

導糸を使う魔法は大きく分けて二つある。属性変化と形質変化だ。属性変化は糸をあらゆる属性に変化させるモンスター殺しに特化した魔法。

どう考えても身体強化はこっちじゃない。だったら二つ目の形質変化の方か。けど、こっちは自由度が高すぎて難しいんだよな……。

とはいえ案ずるより産むが易しって言うし、とりあえずやってみるか。

俺は導糸を身体に巻き付けてからイメージ。『強くなれ……ッ！』と、心の中で念じてみるが何も変わらない。いや、変わるわけがないか。こんな漠然とした考えで魔法が成立するなら祓魔師の殉職率がこんなに高いわけがない。

もっと具体的に考える必要がある。

「ねぇ、パパ。どうやって身体を強化してるの？」

「うん？　決まっているだろう。強くなれと念じるのだ」

いや、それさっきやったけど。

目の前にいる師匠に聞けば教えてくれるかと思ったのだが、返ってきたのは上手くいかなかった事例。どうしようか。

そんなことをつらつらと考えていると、縁側から声が聞こえた。

「にいちゃ！　何やってるの？」

「あ、ヒナ！　剣術の練習だよ」

ぱっと顔を見せてくれたのはヒナ。彼女は生成りが本当に完治したのかどうかを見るために、如月家で保護することになったのだ。

だが、ヒナがうちの家族になったのはそれだけが理由じゃない。

小児科の先生からはざっくりとしか聞いていないが、ヒナはあまりのショックに記憶を自分で封じたらしいのである。目の前で両親を殺されたショックを乗り越えるためには、そうなってもおかしくないのだと。

さらに封じた結果として、ヒナは俺たちのことを家族だと認識しているのだ。詳しい話は何も分かっていないのだが、お医者さんによれば俺がヒナと共鳴したことと、記憶の整合性を合わせるために認識を変えちゃったのが原因だとか、なんとか……。

簡単に言えばヒナは俺たちのことを家族だと思っていて、ウチとしてもヒナが生成りから治っているかどうかを見る必要性があって、そんな二つを見事に解消できるのがヒナを妹として保護することだったのだ。

「ヒナもやる！」

「だめだめ。危ないよ」

俺は縁側から庭にやってこようとするヒナを止める。

止めてからふと、ヒナが見たことない服を着ているのに気がついた。

「あれ？　ヒナ、その服どうしたの？」

「あのね！　さっきね、お買い物いったの！　ピンクなの！」

そう言えば母親がヒナの分の日用品を買いに行かないと、とか言っていたけど、そういうことか。俺はヒナの服を見ていると、ふと閃いた。

あぁ、そうか。服を着れば良いんだ。

もちろん今の俺は服を着ている。その上だ。その上から着れば良いんだ。つまりは強化外服のことである。

前世で働いているとき、老人ホームの職員と会話することがあった。その人は事務員の人で、線の細い人だったが人手不足のときは介護の手伝いをするとか言っていたのだ。介護するのって資格とかいるんじゃないのか、とその時は思ったものの本題はそこではない。

介護は重労働だ。人を担ぐ必要があるのだから、重労働に決まっている。だから、俺は当然の疑問としてその人に聞いたのだ。「重くて大変でしょう」と。

しかし、その女の人は「会社がアシストスーツを買ってくれたから楽になった」と返したのだ。その時はアシストスーツの意味も分からず適当に相槌を打ったのだが、家に帰ってから調べたところ、チューブとか、そういうものを使って人工筋肉を再現し肉体労働を補助するものをそう呼ぶらしいということを知った。

その時はただの知識として頭の片隅にしまったのだが……ヒナを見て思い出した。『身体強化』に使えるんじゃないか、これ。

俺はもう一度、木刀を握りしめると右足に絡みつけていた導糸にイメージを流し込んだ。

自分の身体を支える新しい人工筋肉のイメージを。

「……っ！」

そして木刀を振るった。だが強化の加減が全然分からずに右足を踏み込みすぎて、庭先がちょっとへこんだ。へこんだからバランスを崩して思いっきり前に倒れた。

「うわ！」

勢いそのままに頭から地面にぶつかる瞬間、すごい勢いで身体が後ろに引っ張られた。見れば身体に導糸が絡みついていて、

「最初は強化のバランスが難しいと思うがじきになれる。もう一度だ」

父親が支えてくれていた。まるで、最初からこうなることが分かっていたみたいに。

「う、うん。やってみるね」

「好きなだけ失敗しろ。全部パパが支えるからな」

心強い言葉を胸に俺はもう一度、バランスを取り直してから前に踏み出した。

次はさっきよりも強化を弱めてやってみる。そのおかげか別にバランスは崩さなかったのだが、その反面、さっき父親が見せてくれた威力のある踏み込みは再現できなかった。

「……む」

「わはは。自分のバランスを探るのもまた訓練の一つだ」

なるほど。そういうものなのか。俺は一人心の中で頷いて三回目の挑戦。

「ふっ……！」

息を吐き出して、踏み込む。その瞬間、風を切った。

ドウ、と空気が爆発して、木刀が触れていないのに地面に切り傷がついた。

「流石イツキだ。飲み込みが早いな」

「……む！　これ、できてるの？」

切り傷とは言っても、わずか一センチほど。父親のやっと比べれば全然だと思うんだけど……なんて思っていると、父親は大きく笑った。

「そう心配するな。最初からパパほど出来るわけがない。それで大成功だ」

「むむ……」

そういうものなんだろうか。

俺が疑問に思っていると正門の方に自動車が停まる音が聞こえた。

「ん、誰か来たな」

ちらりと父親は視線を正門側に向けると、

「パパが見てくるから、もう少し剣術の練習をしておけ」

「う！」

父親にそう言われたので俺は木刀を構える。

構えたまま今度は右足だけじゃなくて全身へ強化を回そうとした瞬間――。

「……あれ」

「にいちゃ、どうしたの？」

「ううん。なんでもないよ」

ヒナに聞かれて俺はすぐに首を振ったが、何でもないことではない。

『身体強化』をしようと長い一本の導糸だけで、全身を包むようにすると足とか腕とかが自由に動かせなくなったのだ。仕方がないので、両腕と両足用に四本の導糸を用意して巻き付けた。巻き付けてから思った。あ、これもしかして導糸で鎧作れる？

胴体とか頭に巻き付けて強化するのと同時に上から新しい導糸を重ねて、透明な防具を生み出す。そうして全身強化をしながら、ふと思った。

もしかして他の祓魔師って全身強化できないんじゃないか……？

レンジさんから聞いた話では普通の祓魔師が同時に使える導糸は三、四本。

それだけだと四肢を強化するので限界だ。そこから魔法を使うなら追加の導糸が必要で……。

「……うん」

そこまで考えて俺は頭を振った。

他人のことなんてどうだって良い話じゃないか。俺は俺として強くならないといけないのだ。

他人と比較して良いとか悪いとか、そんなことに拘ってたって仕方ないじゃないか。

俺はそこまで考えて、再び木刀を振るう。

ヴッッツツツ!!!!

俺が振るった木刀は文字通り空気を斬り裂いた。前髪がすごい勢いで舞い上がる。地面には何も当たってないのに傷跡が走った。その深さは、父親と同じ五センチ程。

「わ！　わっ！　にいちゃすごい！」

「ありがと、ヒナ」

上手くいったことに安堵の息を吐き、ヒナに褒められて少しだけ鼻が高くなる。

ついさっき他人と比べないことを決意したばっかりだが、それはそれとして誰かに褒められると嬉しい。そんなヒナに見せるためにもう一度『身体強化』しようとしたら、門の方から声を投げられた。

「イツキくん。なんの音？」

「あれ？　アヤちゃん」

振り返ると、そこにいたのはアヤちゃん。正門の方ではレンジさんと父親が喋っているのが見えた。どうやらお客さんは霜月家の親子だったらしい。

「どうしたの？」

「パパについてきたの。あれ？　その女の子は？」

「ヒナだよ。妹なんだ」

「妹……。イツキくん、妹いたの？」

「うん」

細かく説明してもアヤちゃんは困るだけだろうから、俺はそこの説明を全て流した。流されたアヤちゃんは不思議なものを見る目でヒナを見たが、すぐに笑みを浮かべると、

「ヒナちゃん。はじめまして、アヤです」

「アヤちゃ！　はじめまして！」

歳が近いからか、同じ女の子同士だからか、お互いそれだけ交わして笑顔になった。

「それで、さっきの音なんだったの？」

「あのね！　にいちゃがすごいの！」

「イツキくんがすごいのは知ってるよ」

ヒナの自慢？に、アヤちゃんが落ち着いて返す。

「にいちゃね！　木を振ってね、風がすごいの！」

「風？」

ヒナの説明になってるのかなってないのか、良く分からない説明に首を傾げるアヤちゃん。

そりゃそうだ。だから俺は横から補足説明。

「剣術の練習してたんだよ」

「わっ、すごいね。もうやってるんだ。でも、風って？」

「風はね、これのことだよ」

俺はそう言って木刀を見せる。見せてから、ゆっくり棒を動かした。

「速く動かしたら風が起きるでしょ？　ヒナはそれのこと言ってるんだよ」

「んー？」

アヤちゃんはそんなことを言いながら首を傾げる。

やってみせようかと思ったけど近くにいたら危ないのでやめた。

「それよりアヤちゃんはどうしてここに？」

「パパがね？　イツキくんと宗一郎さんを誘いにきたの。仕事の見学に来ないかって」

うん？　仕事？

俺はついこの間、父親について見に行ったばかりだけど、もしかしてアヤちゃんもレンジさんについて仕事を見に行くのかな。そんなことを思っていると、流石に言葉足らずだと思ったのかアヤちゃんが続けて教えてくれた。

「あのね、熊さんが出たんだって」

「熊さん？　どこに？」

「えっとね、東京」

え、東京って熊でるの？

そんなことあるのか……と、俺が若干引いていると、アヤちゃんは不思議そうに続けた。

「それでね、その熊さんが他の熊さんを食べるんだって」

「熊を食べる熊さん……。でも僕たちがついて行っても大丈夫なの？　危なくないの？」

「パパは『第二階位』だから大丈夫だって言ってたけど……」

そう言って首を傾げるアヤちゃん。第二階位と言えばあれだ。ヒナと会うきっかけになったあのモンスターたちも第二階位だ。

「それにね？『ふつまし』ってお仕事でお泊まりすることもあるんだって！　だからね、早いうちからそれに慣れた方が良いんだって」

「……たしかに」

それは一理あるかもしれない。父親もレンジさんも、仕事によっては数週間。下手したら一ヶ月くらい帰ってこないことだってある。泊まりがけの仕事に慣れるべきというのは、特にケチのつけようのない理屈に思える。

「ねぇ、アヤちゃん。行くのはいつからなの？」

「えっとね、宗一郎さんが良いよって言ったら、今日の夕方から行くんだって」

今が昼過ぎぐらいだから数時間後か。急だな。とは言っても、これはお遊びのお泊まりじゃなくて仕事のお泊まりだ。それくらい急に予定が入ることもあるだろう。うちの父親とか、家にいてもスマホが鳴ることとか普通にあるからな。

俺がそんなことを考えていると、父親が正門から庭へと戻ってきた。

「イツキ。話は聞いたか？」

「うん。お泊まりでお仕事いくんでしょ？」

「そうだ。レンジからの持ち込み案件だが……参加しておいた方が今後のためになると思ってな。今から準備をしよう」

「服とか？」

俺がそう聞いたら、父親の後ろからレンジさんがひょいと顔をのぞかせた。

「違うよ、イツキくん。外でお泊まりと言ったらお菓子でしょ？」

「そうなの？」

それは初耳だけど。

「お小遣いあげるから、アヤと一緒に買っておいでよ」

「良いの？」

「もちろん」

レンジさんはそう言って笑うと、父親の方を見た。

「イツキくんってもう一人で外出て大丈夫なんだっけ？」

「廻術を解かなければ問題ない」

外に出ても大丈夫なのか、とはつまり結界の外に出てもモンスターに襲われないのか？　という質問だ。俺もそれが怖くてずっと家に閉じこもっていたんだから。

「来年からイツキは小学生だろう？　登校するときに俺たちがついていくわけにはいかない。そろそろ一人で出る訓練もするべきだ」

「訓練って……大げさに言うね、宗一郎」

「何を言う。廻術を維持したまま外を出歩く。これは立派な訓練だ」

「分かった分かった。で、宗一郎から見て、イツキくんの廻術は問題ないんだろう？」

「ああ。七五三や俺の仕事の見学に同行させたが、一人で出歩いても問題ない」

父親からそう言われて、俺は思わず嬉しさのあまり手をぎゅっと握る。いつも父親からは褒められているが、お墨付きをもらったのは初めてかも知れない。

「ただ、破魔札を忘れずにな」

「うん！」

もちろん俺が破魔札を手放したことなど無い。ということは外に出ても良いってことだ。

俺が内心でガッツポーズをしていると、ヒナが手を挙げた。

「ヒナもいく！」

「危ないよ？」

「や！」

危ないよ、に対して何が嫌なのかヒナからは全力の首ブンブンが返ってきた。

「……嫌じゃない。ヒナはダメだ。まだお留守番だ」

「やーっ！」

ダダをこねるヒナだが、父親のＮＧは絶対。

あまり長く残ってもヒナが暴れ続けるだけなので俺はアヤちゃんに向き直った。

「行こっか、アヤちゃん」

「うん！」

笑顔なアヤちゃんと二人で家を飛び出す。

「イツキくんはもう〝魔〟を祓ったりしてるの－？」

「ううん。いっつも魔法の練習してるよ！」

七五三が終わってからは、本格的に属性変化の魔法の練習をすることが増えた。基礎は身に付いたことと、そろそろ魔法に触れても良いという父親の判断によるものだ。

「そうなんだ！　あのね、私ね。この間、ちゃんと導糸が出せるようになったんだよ！」

「え、そうなの⁉」

確かに七五三のときに絲術の感覚は掴んでたけど、あれから一週間くらいしか経ってない。子どもの成長ってすごいな。そりゃタケノコだわ。

「だからもっと出せるように練習しているの！　あのね、二本出せるようになったんだよ！」

「すごい！」

コツを掴んで一週間で二本も導糸を出せるようになっているのは、本当に天才の所業だ。俺はコツを掴むのに一ヶ月以上かかってんだけど……。

というか、俺って導糸を最大で何本出せるんだろうな？　前にやってみたときは、六十本くらい出たので、それ以上はやめたのだ。

レンジさんも言ってたように、導糸は出せば出すほど同時に操作するのが難しくなるので実戦向きではない。それに数が多ければ一本あたりに込められる魔力量も少なくなるのだ。

それをレンジさんはサッカーのリフティングに喩えていた。サッカーのリフティング回数が試合の巧拙に比例しないとかなんとか。多く出すのは、魔力操作のトレーニングでしかない。

そんなことをふと考えながら俺たちが交差点で立ち止まった瞬間、周囲の体感温度がぐっと下がった。

「……？」

周囲を見渡したら……いた。電柱の陰に隠れるようにして立っている、モンスターが。

『遊ぼ。遊ぼ。楽しいこと、しよ』

黄色い帽子に、赤いランドセルを背負っている女の子……に見えるのだが、顔にはバラバラに四つの目があって、どれも上を向いている。けれど顔だけはこっちを見ていて、気持ち悪い。

『かくれんぼ、た、楽しいよね。鬼ごっこ、お、鬼ごっこ。き、き、嫌い』

知らんがな。

「どうしたの？　イツキくん」

「ううん。別に何でもないよ」

幸いなことにアヤちゃんはモンスターに気がついてない。

しかし結構流暢に喋るモンスターだな。ということは第二階位くらいだろうか？

この間、父親に教えてもらったのだがモンスターの知能と『階位』はある程度の比例関係にあるらしい。つまり階位が高くなれば知能も高くなるということだ。だが、全てがそれに当てはまるわけでもない。階位が低くても人並みの知能を持つやつはいるのだ。

『ねぇ、無視しないでよ。み、みえ、見えてるんでしょ……？』

その瞬間、電柱の陰からモンスターが姿を現した。だが電柱の後ろから現した姿は酷いものだった。左腕は三本あって、そのどれも子どもの落書きみたいに細く捻じ曲がっている。足はない。だから腕だけで身体を支えている。まるで、化け物が人を真似て作った泥人形みたいだ。

その細い腕が道路を叩く。叩いた瞬間を狙う。空中に飛び上がったモンスター、その首を。

『……アぇ？』

空中で逃げ切れないモンスターの首に導糸が絡みつく。そして、そのまま『形質変化：刃』。モンスターの首を切り落とす。ぼと、と地面にモンスターの首と身体が転がる。転がった瞬間に、モンスターが絶命。黒い霧になっていく。

それを見ていると、アヤちゃんに手を引かれた。

「イツキくん。青信号だよ？」

「ほんとだ。行こっか」

わざわざ教える必要もないから俺たちはそのままスーパーに向かった。

俺はお菓子じゃなくてカレーパンを買うことにしていたのでパンコーナーに向かうとアヤち

やんが少しびっくりした様子で、

「イツキくん。お菓子はこっちだよ！」

「僕はカレーパンにしようかなって」

「わっ、そうなの？　イツキくんってパン好きなんだ。覚えておくね！」

「アヤちゃんは何を買うの？」

「カヌレ！　私、カヌレが好きなの！」

そう言いながらアヤちゃんはカヌレを買うと、合わせてチョコも買っていた。

チョコはともかくカヌレなんてものを買う発想が俺には無かったので、びっくりした。

家に戻ると母親が俺の着替えを子ども用のリュックに詰めてくれていた。なのでそれから特に俺が新しく準備をするということもなく、そのまま出発となった。

乗るのは父親の車ではなくレンジさんのクソデカい車。４ＷＤらしい。

うーん、やっぱり祓魔師って高給取りなんだろうな……？

「今回の仕事は猟友会からの依頼でね。アヤから聞いていると思うが、大きな熊が出てんだ。それをハンターの人たちが狩りに行ったら二人喰われたらしい」

「えっ」

レンジさんは首都高を走らせながら、状況を説明してくれた。

「詳しく調べてみたら熊じゃなくて、熊の姿をした〝魔〟だったんだ。それで、俺たちの出番になったってわけ」

「熊の姿……。他にも動物の姿をしてることってあるの？」

「もちろん、あるよ。俺が戦った中だと鹿と猪もいたな。宗一郎は？」

助手席に座ったまま話が振られた父親は肩をすくめて答えた。

「ん？　俺は動物よりも昆虫の方が多かったな。蜘蛛とか、蝶とか、ゴキブリとかだな」

「いっ……」

「心配するな、イツキ。〝魔〟と思えば、そう怖くない」

思わず変な声が漏れたのだが、父親はアドバイスになってるのかなってないのか良く分からない返答をくれた。そういう問題なんだろうか……？

「話を戻そうか。それで、熊の〝魔〟なんだけど階位は第三階位。正直、俺と宗一郎が二人がかりでやるような相手じゃないんだが、今回はアヤとイツキくんがいるからね」

「万が一ということもあるからな」

父親に相槌を打ったレンジさんはルームミラーで俺を見ると、

「着くまであと二時間くらいかかるから寝ててもいいよ。アヤはもう寝てるみたいだし」

隣を見ればジュニアシートに座っているアヤちゃんは、完全にお眠りモード。

がっくりと首を傾けて、寝息を立てていた。しかし、一方の俺は全く眠たくない。だからといって、前世では愛用品だったスマホもこっちの世界ではまだ持たせてもらっていない。

二時間の自由時間を手に入れてもどうしようか……と考えて、思いついた。

そうだ。魔法の練習をすれば良いんだ。

思うが早いか、俺は手元に魔力を集めた。魔法の練習とは言っても、車内で属性変化みたいな攻撃魔法の練習をするわけにはいかない。

俺が練習するのは形質変化の方だ。こっちは文字通りなんでも作れる魔法で、俺も父親が仕事に行っている間とかに自主練でやっていたのだが、正直言って自由度が高すぎて難しい。

感想としてはキャラクターを作れるゲームで凝るやつは形質変化も得意なんだろう、だ。残念なことに俺はそういうのは面倒になってしまって、デフォルトで始めてしまうタチである。

ただ、だからと言ってこの魔法から逃げるわけにはいかないのだ。自由度が高いということは、それだけ使う場所が多い魔法なのだから。

さて……何を作ろう？

俺は手元に魔力を集めたまま固まった。

数日前の自主練習で作ったのは服だった。ヒナが魔法練習の見学に来たので、ドレスを作ってあげたのだ。大喜びしてくれたが一時間足らずで消えてしまった。

どうせ消えるなら、最初から後に残らないものを作るか。食べ物とか良いんじゃないかな。

俺は導糸をぐるりと円形にして形質変化。

作ってみたのはドーナツ。なんとなく、食べたい気分だったから。

やってみれば普通にできるものなんだな、と思いながら俺は作ったばかりのドーナツに目をやる。白砂糖がかかっていて、もちもちした感触もちゃんと再現できている。

結構、良いんじゃないだろうか。問題は味か。

……食べられるだろうか？　いや、元は俺の魔力だし食べられないってことはないだろう。

そう思って口の中に入れたのだが、ちゃんと甘い。甘くて、美味しい。

よし、このまま他のお菓子を練習しよう……と思って導糸を編んだ瞬間に、ふと思った。

魔法でドレスを作ったり、お菓子を作ったりするという話、どこかで聞いたことあるな。

そのまま少し考えてみて、思い当たった。童話だ。

ドレスはシンデレラ。お菓子はヘンゼルとグレーテルだ。俺のドレスが一時間くらいで消えてしまったってのも、深夜0時までという制限があったシンデレラの話と合致する部分がある。

もしかして、あれって実話なのかな。

その可能性は全然ある。全然あるから、作ってみるか。ガラスの靴。

「……よし」

父親とレンジさんが車の前の方で会話しているのを聞きながら、俺は形質変化の練習再開。

導糸を靴の形にして、魔力を込める。

次に作るのは、かぼちゃの馬車のミニチュア模型。絵本に引っ張られ過ぎだが他に良いものも思いつかなかったのだ。ということで、早速挑戦。

「……うん？」

次の瞬間、俺の身体からぞわっと魔力が持っていかれた。体感でさっきの三十倍くらいも持っていかれている。なんでだろう？　構造がドーナツより複雑だからだろうか。

それも試してみるか。

というわけで他にも色々作ってみる。難しそうだからと距離を置いていたが、いざ回数をこなしてみると十回もやらない内に形質変化の感触が掴めてきた。

どうにも構造が複雑になったり、長時間この世界に作ったものをとどめておこうとすると魔力の消費量が多くなるっぽい。

かぼちゃの馬車で魔力消費が増えたのは構造が複雑化したから。

そう考えたら便利なように見えて、かなり制限の大きな魔法な気がする。俺は魔力量が第七階位だから問題はないけど、他の人からすれば作るだけで魔力が枯渇してしまうんじゃないだろうか。これだと戦いの場では使えない。

「イツキ。酔ってないか？」

「うん。パパ、大丈夫だよ」

その瞬間、4WDの車がガタンと跳ねた。周りを見ればいつの間にか山の中。魔法の練習に集中してたら、それなりに時間が経っていたっぽい。しかし、こんな自然に溢れた場所が東京だとはちょっと信じられん。二十三区から離れたらこんなもんなのかも知れないけど……。

隣を見ればさっきの衝撃で目を覚ましたアヤちゃんが不機嫌そうに顔を上げた。

「アヤは酔ってない？」

「……いま起きたの」

「ちょうど良いかも。そろそろ着くからね」

レンジさんは寝起きのアヤちゃんに対して軽快に返すと、ハンドルを切った。

そろそろ着くからね、と言ったレンジさんの言葉は正しく、運転は二十分と続かなかった。

整備されているのかされていないのか怪しい道路の脇に車を停めてから、父親の方を見る。

「今日はここにしよう。宗一郎、結界を張ってくれ」

「分かった」

父親がそう答えるや否や、車から降りると導糸を伸ばした。

すかさず俺も車から降りて、不思議なことをし始めた父親に尋ねる。

「パパ、何してるの？」

「む？　これか。結界を張っているのだ。イツキはヒナを助けたときのことを覚えているか？」

「うん。覚えてるよ」

「あの時に〝魔〟に対する結界を張っただろう。あれの大きいやつをこの周辺に張るのだ。大きさは……そうだな。半径で三百メートルといったところか」

「え！　おっきい！」

「そうだろう。パパは第五階位だから広く張れるのだ。他の祓魔師には中々難しいぞ」

父親は手を動かしながら、自慢げに俺を見た。

半径三百メートルなら、円周の長さは……二キロいかないくらい？　導糸を使って結界を張っているということは、それだけ導糸を伸ばせるということだろう。なっが……。

結界を張る父親の邪魔をしても悪いので、俺はレンジさんの方に向かった。

「おっ、良いところに来たね。ジュニアシート取ってくれる？　フラットにしたくてさ」

「はい！」

魔力量は第七階位でも結界の張れない俺は他で手伝うしかない。なので、俺はレンジさんの車からジュニアシートを取り、そのついでにまだ眠そうなアヤちゃんを車の外に連れ出す。

レンジさんが車内をフルフラットにしているのを見ながら、俺は聞いた。

「ねぇ、レンジさん」

「どうしたの？」

「この車ってレンジさんの車なの？」

「そうだよ。大きいだろ。これなら大人数で泊まりがけの祓除にも向かえるからね」

「はぇ…」

　そんな大人数で仕事に向かうことがあるんだろうか？　いや、あるから車を買ったんだろう。

「レンジ、結界は張り終わった。これで結界内に〝魔〟が入ればある程度は自動迎撃するし、本命が入ってきても気づける」

「いつも助かるよ」

「気にするな」

　レンジさんからペットボトルのお茶を受け取った父親は何でもないように首を振っていた。

「ねぇ、パパ。この後ってどうするの？」

「この後？　待つぞ」

「え？」

拠点を作ったのは良いけど、どうやってモンスターを探すのだろう。

　そう思って聞いたのだが、返ってきたのは予想していた以上にアナログで、

「〝魔〟は魔力を喰う。だから、自然と魔力量の多い人間に集う。祓魔師は普通の人より魔力量が多いから、放っておけば向こうから来るのだ。そこを祓う」

「じゃあ、それまではこの車の中で待つの？」

「そうなるな。とはいえ、どんなに遅くても三日以内には姿を現すものだ」

「……」

　三日て。あまりにもさらっと言うものだからスルーしそうになったが、三日は相当長いぞ。

しかし、文句を言ってもしょうがない。どうせ待ち時間は暇だから形質変化の魔法練習をやっておこう。

気を取り直した俺は、そのまま車中泊の準備を手伝った。準備は一時間足らずで終わったのだが、その間に日が沈んでしまったので、ちょっと慌てた。

ハプニングらしいハプニングもそれくらいのまま、俺とアヤちゃんは車の中でキャンプ飯を食べた。その間にも父親とレンジさんはどちらか一人が車の外に出て警戒を怠らない。

結界を張っているから少しくらい休んでも良いんじゃないか、なんて思ったのだが足が速いモンスターだと三百メートルくらいすぐに詰めてくるという話を逆にされた。意味もなく外に出るわけにはいかないと言われればそうなんだけども。

「明かり消すね」

「はーい」

気がつけば寝る時間ということで、レンジさんはそう言って車の中の明かりを消した。

その瞬間、車内にぞっとするほどの暗闇が入ってくる。月が出ているはずなのに、外が全く見えない。山の中にいるから木で光が隠されているんだろうか。ちょっと怖い。

そんなことを思っていると、隣に寝ているアヤちゃんがごそごそと動いて俺のブランケットの中に手を入れてきた。

「どうしたの？」

「……怖くて」

アヤちゃんがそう言うのも気持ちは分かる。ここまで暗いと、腹の底からじわ……と、ガーゼに染み出す血のような恐怖が迫ってくるのだ。

でも、目を瞑ればきっと関係なく眠れるだろう。

そう思って俺は目を瞑ったのにそれを妨げるように、コンコンと運転席の窓がノックされる。

「どうした？」

「……来た」

素早く車を開けたレンジさんに、ただ一方に目を向けたままの父親が短く答えた。

その瞬間、レンジさんは素早く車の外に飛び出す。

「パパ⁉」

「二人は車の中にいるんだ。イツキくん、アヤを頼むよ」

アヤちゃんの荒らげた声にレンジさんは素早く返すと父親の隣に並んだ。すっかり目覚めた俺たちは暗闇の中で二人を窓越しに見る。見ることしかできない。だが、幸いなことにすぐに目が慣れてきた。

車の外に出た二人は、ずっと一方向を見たまま準備を始める。父親は刀を引き抜きながら右腕を『強化』。そして、二本目の導糸で左目を覆った。なんだろう。『暗視魔法』だろうか。

一方のレンジさんは導糸を正方形の形にして、地面に向かって投げた。

「……？」

まるで地引網みたいな魔法の張り方は、あまりにも初見だったので何をするんだろう……と思っていると俺の疑問に答えるかのように導糸に触れていた地面が泥沼へと変化した。

「……っ！」

そういう使い方もできるの⁉

思わずその光景に驚いてしまう。魔法の自主練だと気がつかないこと、知らないことばかりだ。俺はもっと父親たちの魔法が見たくて目を凝らす。目を凝らすのだが、暗い。暗すぎる。

……いや、待て。

俺はさっきの父親の真似をするように導糸で両目の前にぐるりと円を作ると『形質変化』。

それによってかすかな光を集める。お手製のなんちゃって暗視スコープだ。

初めて使ってみたのだが、なんと魔法は大成功。これで一気に見えるようになった。

「……イツキくん」

すっかり開けた視界を全力で活かすべく俺が窓に張り付いていると、握ったままのアヤちゃんの手の力がぎゅっと強くなる。

聞くまでもない。不安で、怖いのだ。

だから俺は安心させるために言葉を紡ぐ。

「大丈夫だよ。レンジさんもパパも、強いから」

「……うん」

アヤちゃんがそう頷いた瞬間——ぬっ、と木々の間から熊が現れた。堂々と、まるで俺たちを相手に怯んだ様子も見せず、自分が山の主であるかのように。そんな熊の姿を見て、俺は思わず息を呑んだ。

デカい。ただただ、デカい。

体長は三……いや、五メートルはある。車よりデカい。一軒家くらいあるんじゃないか⁉

相手は熊の姿をしたモンスター。モンスターなんだから、普通の熊と違うのは当たり前なのだが、それにしたって限度ってもんがあるだろ。

あまりに大きすぎる熊を目前にして、思わず精神的恐怖が勝る。そのせいで呼吸が浅くなっていくのが自分でも分かる。

「ど、どうしたの？　イツキくん」

「来た……」

車の中だから聞こえないはずなのに、それでもとても小さな声で俺がそう言うとアヤちゃんの握力がさらに強くなった。なるべく音を立てないようにそれを握り返すと、俺は自分が呼吸をしていなかったことに気がついた。

……息するの、忘れてた。

俺がそれを認識した瞬間、熊が道路を蹴る。

『グモォ！』

蹴った瞬間、泥沼に落ちた。

その隙を見逃すわけもなく、父親がそのまま熊を斬る。ざす、と車の中まで聞こえてくる重たい音だったが――熊の首は斬れていない。

「浅いぞ、宗一郎」

「分かってる」

斬り抜いた体勢を反転。父親が熊の背中に一太刀浴びせようとした瞬間、熊の全身が総毛立った。

「……っ⁉」

それはほとんど反射的な行動だった。とっさに俺は車の前面に『形質変化：壁』によって壁を生み出す。わずかに遅れて熊の全身が爆発。まるで鉄針の弾丸のように周囲に飛び散った！

ガガッ！　と、俺の張った防護壁に針が突き刺さって鈍い音を立てる。壁の範囲外にあったガードレールが、まるで発泡スチロールみたいに穴だらけみたいになってしまったのを見て、思わず震えた。見なきゃ良かったな。

「な、なにいまの！」

「熊が毛を飛ばしてきたの」

「熊さんなのに⁉」

アヤちゃんに言われて思ったが確かに熊というよりハリネズミみたいだ。いや、ハリネズミも毛は飛ばさないか。

しかし、熊の突飛な行動に虚を衝かれたのは俺だけじゃなくて、父親とレンジさんも防御のために一瞬その場で停止。その隙を縫うようにして、熊は泥沼から抜け出すと逃げ出した！

「逃がすか！」

レンジさんがそう吠えて導糸を弾丸みたいな速さで伸ばす。しかし、それよりも熊が山の中に飛び込む方が一瞬だけ速い。レンジさんの放った魔法が木々に激突し、爆ぜた。

「追うぞ、レンジ」

「分かってる」

そう応えたレンジさんは車の中にいる俺たちを見て、短く呟いた。『すぐに戻る』と。

それに俺とアヤちゃんは、こくこくと頷くことしかできない。それを見ていたレンジさんは片手を上げて『分かった』と返すと、熊を追いかけて山の中へと消えていった。

そして残されたのは車と俺たち。

「……すごかったねぇ」

「うん。パパと宗一郎さん。大丈夫かな……」

「大丈夫だよ。あの二人、強いから」

まるで他人事のように感想を呟く。

というか、あの二人。熊の毛が立った瞬間にノータイムで防御壁を張っていた。反射神経のなせる技なのか、それとも歴戦の経験によるものなのか。どちらにしろ、すごいことをやっているのに変わりはない。

……俺も同じことができないとな。

「ねぇ、さっき熊さんが爆発したときに守ってくれたのってイツキくんの魔法？」

「そうだよ、さっき張ったの。壁の魔法」

「すごい！　イツキくんってもうあんな魔法が使えるんだね！」

さっきまでの不安そうな顔と打って変わって、キラキラした視線を向けられた俺は思わずまんざらでもない気持ちになる。

「アヤちゃんも練習すれば使えるようになるよ」

「本当？　でも、私まだ絲術しか使えなくて……」

「だったら今度、教えてあげるよ」

「え！　良いの？」

「もちろん！」

レンジさんには色々お世話になっているので、その恩返しだ。

それに誰かに何かを教えるのは復習とか、言語化にすごく役に立つ。それを俺は廻術をアヤちゃんに教えるときにちゃんと学んだのだ。アヤちゃんに教えることで、俺も自分の理解を深めることが出来る。人に教えるのは、自分の成長にもなるんだ。

魔法を教える約束をしたことで顔を明るくしていたアヤちゃんだったが、窓の外を見てから心配そうに小さく漏らした。

「パパ、いつ戻ってくるんだろう」

「うーん？　そんなに遠くに行ってない……」

はず、と続けようとして俺は黙り込んだ。

黙り込まざるを得なかった。

「イツキくん？」

「しっ！」

俺はアヤちゃんの口を手で塞いでから、車の外を見る。

そこにいたのは一匹のイノシシ。とても大きなイノシシだ。全長は三メートルほどあり、牙は俺の身長くらいある。自動車に勝るとも劣らない、そんな大きさのイノシシがじぃっとこっちを見ていた。

『おハよう！　おハよう！』

耳に障る嫌な声。間違いなく、モンスター。

でも、なんでこんなところに！

ここに来るまでに聞いた話では、この近場にいるモンスターはあの熊だけ。さらに言えばそれが結界で分かっていたからこそ、父親もレンジさんも俺たちを置いてあの熊を追いかけたのだ。なのに、どうして……！

「いっ、イツキくん！　あれって！」

動揺する俺の耳元にアヤちゃんの震えた声が届く。

だからこそ、俺は怯えを振り払うようにして、はっきりと口に出す。

「大丈夫」

怯えるアヤちゃんを落ち着かせるように俺は続けた。

「い、いや、もう祓ったから」

その瞬間、ずん……とイノシシの巨体が地面に倒れる。俺はイノシシの目と頭を同時に貫いた導糸を引き抜いた。

「えっ！　えっ⁉」

「アヤちゃんは車の中にいて。周りを見てくる」

何か、父親とレンジさんが見落としたことが起きてる。だから他にもモンスターがいないかを確認しようとそう言ったのだが、アヤちゃんに手を引かれた。

「待って！　一人やだ！」

「……ん。分かった。一緒に行こ」

ごもっともすぎる意見に何も反論できず、アヤちゃんと一緒に車から降りる。降りた瞬間に、複数の視線にさらされた。

「うん？」

周囲を見れば、いろんな動物たちが道路に立った俺たちを木の陰から見ていた。いや、動物たちだけじゃない。木だ。木も動いている。ざわざわと風に揺られるようにして、十数体近いモンスターたちが俺たちを見下ろしていた。

『来なイでよ』『ふ、祓魔師の子ども！』『タイヤ安いよォ……』

見下ろしながら、好き勝手に口走る。

見ている限りまともに喋っているモンスターがいない。恐らくだが、どいつもこいつも第一階位……弱いモンスターたちだ。

「うぅん……」

本当にこれはどういう状況なんだろうか。

後でちゃんと父親に説明してもらわねば。

「いっ、イツキくん！　周り！　〝魔〟が、〝魔〟ばっかり……！」

「うん。分かってるよ」

でも、話の説明をしてもらうのは後だ。いま、俺がやるべきことはたった一つ。

手元で導糸を編む。それをレンジさんのやっていたように弾丸みたいに放つ。放った先からモンスターの頭を貫く。

「大丈夫だよ。もう終わるから」

遅れて、俺の目に入っていた全てのモンスターが爆ぜた。

ババッ！　と、爆発音が重なって聞こえる。

「これで、終わり？」

「うん。終わり」

暗視魔法で周囲を見るが他にモンスターはいない。

最初に倒したあのイノシシの階位が第二階位くらいで、一番強かった。

「イツキくんって……本当に強いんだね！」

「う、うん。ありがとう……？」

特に大したことはしていない。父親やレンジさんの方がすごいので褒められても、頷き難いところがある。

「そんなことより車に戻ろうよ、アヤちゃん。いまパパたちが戻ってきたら怒られちゃう」

「そ、そうだね……」

怯えた様子で頷いたアヤちゃんは俺にくっついたまま、車内に戻る。

怖いのは分かるけど、あの、もう少し離れてもらえないですかね……。なんて、恐怖に震える五歳の女の子に言える訳もなく俺とアヤちゃんはレンジさんの車の中で座り込む。

座り込んでから数分と経たずに、返り血に染まった父親たちが車に戻ってきた。

「熊は倒してきた。何も無かったか？」

「あったよ！　急にモンスターに襲われたの」

「……何？」

戻ってきて早々、顔色を変えた父親とレンジさんに、さっき起こったことをちゃんと説明。

説明が終わるや否や、二人は同時に目を合わせた。

「不味いことになったな、宗一郎」

「『隠し』持ちだな。面倒だぞ」

二人はそう言うと車の中から紙の地図とロウソク、それと御札を取り出して道路の上に並べ始めた。急いで準備する二人を見ているとヤバいことが起きたんじゃないかと不安になる。

「な、何が起きたの？」

「『隠し』を持っている〝魔〟が現れたのだ。……いや、そうか。イツキは知らんはずだな」

道路上にある紙の地図に導糸で何かの印を描きながら父親は続けた。

「〝魔〟の中には魔法を使うものがいる。これは前に説明したし、イツキも見たことがあるな？」

「うん。あるよ」

ヒナと出会ったあの一軒家のモンスターは『衝撃』を飛ばす魔法を使っていた。

「『隠し』というのはな、簡単に言ってしまえば〝魔〟を隠す魔法だ」

「そんなことができるの？」

「できる。使えるのは第四階位以上の〝魔〟だがな」

……マジで？

聞き間違いかと思って、そう口に出しそうになった。だって第四階位なんて人間の中でも一握りしか生まれない天才。それと同格のモンスターがこの森にいるってことだ。

おかしい。この仕事は第二階位のモンスターを祓う仕事じゃなかったのか。

疑問に思っている俺を他所に、一方の父親たちは淡々と準備をこなしていく。そこに慌てている様子は一つもない。もしかして祓魔師にとって、こんなことが日常茶飯事なの……？

「イツキ。こっちに」

「アヤもおいで」

唐突に呼ばれた俺はやや驚きながら、父親の元に向かう。アヤちゃんも俺から剝がされるようにしてレンジさんに抱き抱えられた。

そして俺たち四人は紙の地図を揃って見つめる。

「これから『隠し』を使っている〝魔〟を見つける魔法を使う。二人とも、これから使うことが増えるだろうから今のうちからしっかり覚えておくように」

「使うことが増えるって、強いモンスターとたくさん戦うってこと？」

俺の質問に、レンジさんがふっと笑う。

「イツキくんは第七階位だからね。間違いなく増えると思うよ」

「……うゆ」

考えてみれば当たり前のことだ。第四階位より強いモンスターを討伐できる祓魔師はその数が圧倒的に少ない。何しろ第四階位以上を安定して祓える第五階位の祓魔師が全然いないからだ。そして俺は第七階位。駆り出される側に決まっている。

……強くならないと。

もはや何度目になるか分からない決意を噛み締めて、視線を足元に落とした。

そこには導糸が地図の上で綺麗な幾何学模様を描いている。まるで地上絵のように。

『隠し』をやっている〝魔〟を探すには〝魔〟が『隠し』に使っている魔力以上の魔力で形質変化を行うんだ」

「何に変化させるの？」

「魔力に反応する磁石だ」

俺は父親の答えに閉口した。魔力に反応する磁石なんて聞いたことがない。

しかし、無いものを生み出すのが魔法――形質変化だ。俺が試したことないだけで、そういう変化も出来るのだろう。だが、形質変化はその生成物によって魔力消費量が跳ね上がる。

いや、そうか。だから二人は最初に『隠し』を持っているモンスターを探さなかったんだ。

魔力に反応する磁石という謎物体から逆算するように、俺は父親たちが最初からこの儀式を行わなかった理由を理解した。

第七階位の俺はともかく第五階位の父親からしてみれば、いるかどうかも分からないモンスターを探すためだけに魔力消費することを嫌ったんだ。第四階位以上が存在しなかったら無駄に魔力を消費するだけだから。

これ、かなり厄介な問題なんじゃないか？

つまり限られたリソースをどう使うかという話だ。普通、隕石に当たることを警戒しながら日々を生きている人などいない。雷に直撃することに怯えながら生きている人はいない。

『隠し』持ちのモンスターに警戒するということは、そういうことなのかも知れない。

そんなことを思いながら地図を見ていると、地図上に置かれていた紙の御札が起き上がった。

そして、そのまま山奥を通り抜けるようにして直線を描いて、ゆっくりと移動を開始。

これは……モンスターの軌道だろうか。

動き続ける御札の向かう先に視線を向ける。すると、そこの先には東京の都心があって。

……これ、人口密集地に向かってない？

「レンジ」

「分かっている。すぐに出発しよう」

そのヤバさに気がついたのは当然ながら俺だけではない。父親とレンジさんはそう言うや否や、地図を持ったまま車に乗った。

「ど、どうしたの？　何が起きたの？」

一人、理由の分かっていないアヤちゃんがレンジさんにそう聞く。

「アヤ。大変なことになったんだ。パパたちはここに誘導されてたんだよ」

「ゆうどう？」

「ああ、パパたちをこの森に注目させてその間に他の人を殺そうとしていたんだ」

レンジさんの読みに、アヤちゃんはさらに追加で尋ねる。

「どうして……？」

「離れた場所に祓魔師を集めたかったんだと思う。熊で注意を引き、さらにこの場所でパパたちを殺して他の祓魔師たちの注意を固定する。『隠し』を使ったやつは人の多いところに紛れ込んで、祓魔師たちにバレることなく魔力を喰う算段だったんだろうね」

レンジさんは素早く答える。

俺は俺で、モンスターの周到さに舌を巻かざるを得なかった。

まさか魔力を喰うためだけにそこまでするなんて。

これまでのモンスターたちも知能はあったが、どいつも眼の前の人間を狙うことに主軸を置いているやつらだった。作戦を立てて人を殺そうとするやつはいなかった。

レンジさんがエンジンを点けると、夜闇を切り裂くように光が走る。そのまま巧みなハンドルさばきで車をUターン。俺たちがシートベルトを付けている間にレンジさんが窓際にあるボタンを何か操作すると、車の上からサイレンが鳴り始めた！

「えぇっ⁉」

急に鳴り響き出したパトカーみたいなサイレン音に驚く。

「うん？　イツキくんは知らなかったんだ。祓魔師の車はね、緊急車両扱いなんだよ」

「し、知らなかった……」

道路を見れば赤いパトランプの反射が見える。それと同時にレンジさんがアクセルをベタ踏み。ぐっと車が加速していく。

確か警察の中にも祓魔師に協力してくれる人がいるみたいだし、それを思えば緊急車両になってもおかしくない……のかな？

「宗一郎。『神在月』に連絡を取ってくれ。動ける祓魔師が行かないと死人が出るぞ」

「分かっている。だが、それよりも先に……」

そこまで言いかけた瞬間、突然目の前に鹿が飛び出してきた。

普通の鹿じゃない。頭が二つ、足が六本ある異形の鹿。

「……ッ！」

その瞬間、車にいる誰が反応するよりも先に俺が反応した。導糸で鹿の身体を持ち上げ、一瞬にして切り刻む。バシュ、と車の上の方で音が響くと、後ろの窓から黒い霧が流れていくのが見えた。あれはモンスターの死に方だ。

突然の出来事だったが、ちゃんと祓えたことに安堵していると、

「……ありがとう、イツキくん。助かったよ」

冷や汗を拭いながらレンジさんがそう言った。俺はそれに「どういたしまして」と返すと、さっきからの違和感を尋ねる。

「ねぇ、パパ。どうしてさっきから第一階位のモンスターがこんなに出てくるの？　変だよ」

「……もう少ししたら教えようと思っていたのだが、ちょうど良いか」

時速百キロくらいある車の中で、父親は深く息を吐き出す。吐き出してから、教えてくれた。

「第五階位より上の〝魔〟は自分より階位の低い〝魔〟を作れるのだ」

「……え？」

俺は思わず、聞き返した。

モンスターがモンスターを作る……？

「第五階位以上の〝魔〟を放っておけば歩いた先で無数の〝魔〟を生み出し、その一群の主となる。〝魔〟が人を殺し、死んだものが〝魔〟になり、そうして手のつけられなくなった地獄のことを――『百鬼夜行』と呼ぶ」

「……百鬼夜行」

嫌な響きだ。

「前に一度、そうなった状況に対処したことがあるが……あれは、地獄だった」

いつもの父親と違う、ひどく冷たい声に俺はぎゅっと心臓が掴まれる気がした。

「これだけの数の〝魔〟が山の中に集まったとは考えにくい。これを生み出した因がいる。それが『隠し』を使った〝魔〟だろう」

「……そう、なんだ」

このままモンスターを放っておけば人が死ぬ。それだけじゃない。もっと大勢が死ぬ可能性がある。そう思うと、いてもたってもいられなくなる。そんな心の焦りを落ち着かせるために深呼吸する。自分が死ぬのは嫌だし、誰かが目の前で死ぬのも嫌だ。

だが、遠く離れたモンスターに対して今の俺が出来ることはなにもないから黙り込むしかできない。レンジさんの車がモンスターに追いつくまで俺は何もできなくて。

……何もできなくて？

「待って、パパ。レンジさん！」

思わず閃いた。何もできないわけじゃない。

そうだ。あるのだ、俺には。モンスターが都心に入る前に食い止める方法が。

ヒナのときのような、あんな地獄を生み出さない方法が。

「どうした？　イツキ」

「僕に……考えがあるんだ」

原理を考えれば良いだけの話なのだ。なぜモンスターは都心に向かうのか、その原理を。

とはいえ、改めて思考をこねくり回す必要なんかない。モンスターが向かう先は人が多い場所。つまり、より多くの魔力を求めているだけなのだ。

だから、魔力を出してやれば良い。それで釣ってしまえば良いのだ。

いま、俺の魔力は廻術によって身体の内にとどめている。それを、解き放つのだ。

そうすれば間違いなくモンスターは俺に釣られてやってくる。何しろ俺の魔力量は第七階位なんだから。

「ダメだ！」

そんな俺の考えを最初に否定したのは、意外なことに父親ではなくレンジさんだった。

「分かっているのか、イツキくん。自分が何をしようとしているのか」

「……うん。分かってる」

レンジさんの言葉に俺は頷く。頷いてから、続ける。

「でも、僕が魔力を出せばモンスターはこっちに来るよ」

「戻ってくるだろうさ。でもね、それは君を囮にするってことだ。俺はそんなこと許さない」

そう言ってハンドルを力強く握りしめるレンジさん。

だが一方の父親は黙ったまま。まるで俺の言ったことを吟味しているかのようで、

「……イツキ。それはパパたちが〝魔〟に勝てると思ってるから、言ったんだろう？」

「うん。そうだよ」

じゃないと、こんな怖い作戦を自分から提案するわけがない。

俺は、死にたくない。死にたくないんだから、モンスターに狙われるのだって嫌だ。けど、このままモンスターを放っておいて見ず知らずの人たちが殺されるのだって嫌なのだ。

自分でも無茶苦茶を言っていると思う。けど、こっちには父親とレンジさんがいる。祓魔師として歴戦の二人がいる。

だから思うのだ。……俺をエサにすれば、良いんじゃないかって。

「ダメだ。俺は認めないぞ」

そうやって厳しく応えるレンジさんに、父親は笑って言った。

「レンジ、子どもにここまで言わせているんだ。それに応えないと、大人失格だと思わないか」

「……何を言ってるんだ」

「イツキの言う通りにしよう」

その瞬間、レンジさんが視線を前から外した。外した状態で、父親を見た。

「ば……ッ！　馬鹿言うなッ！　お前、自分の子どもを囮にするんだぞッ！　分かってるのか！」

「イツキの魔力解放は一瞬だ。都心に向かっている〝魔〟に気づかせるだけで良い。気づかせて、歩みを止めるだけでも、僅かな停滞を作るだけでも効果は十分に見込める。違うか？」

レンジさんは父親の言葉に黙り込んだ。きっと、一理あると思ったのだろう。

「そうすれば被害は抑えられる。最低限、時間は稼げる。お前だってそんなことくらい分かっているだろう。レンジ」

「…………」

父親の言葉が車の中に響く。

「……あぁ、分かってる。分かってるんだ」

レンジさんはしばらくの間、静かにしていたが観念したかのように口を開くと、静かに呻いた。そして、ブレーキを踏んだ。

激しく車が減速する。停まる。

「ここにおびき寄せよう」

「分かった」

レンジさんの決断に父親が頷く。

俺は二人が何かを言う前に車から降りた。

魔力を出すのだ。車の外に出ないと十分に拡散しないだろう。

「一瞬だけだ。本当に一瞬だけしかやっちゃダメだからな」

「……うん。大丈夫」

思えば数年前は魔力を身体の外に出すだけで、とても苦労していた。魔力を身体の外に出すたった一つの方法だと思ってた魔力排泄法が邪流も邪流だったときは流石に衝撃を隠せなかったのを覚えている。

でも、それも昔の話だ。

目を瞑る。呼吸を繰り返す。

「いくよ」

俺は目を開くと同時に魔力を少しだけ漏らした。

次の瞬間、ごう……っ！　と、空気が揺れた。

ずん、と地震でも起きたかのような衝撃が駆け抜けた。道路際に生い茂っている木々がどうどうと唸った。舞っていた季節外れの木の葉が、俺の手元を中心にして全てが吹き飛んだ。

それが全て自分の魔力だと目の前で見せつけられて、俺は思わず笑ってしまった。

とてもじゃないが、自分の力だと思えない。

「……凄まじい魔力だな、イツキは」

「第七階位は魔力を外に出すだけでも暴力だな……」

父親たちの感想に、俺も全力で頷く。第七階位というのが伝説とは聞いていたけど、素で出してこんなことになるとは流石に思わなかった。

そんな俺の魔力放出は狙いのど真ん中を貫いた。窓越しにダッシュボードに置いていた紙の地図、その上でゆっくりと動いていた御札を確認。すると、進路を反転。俺たちの方に向かってきている。つまり、狙いを俺に切り替えたということだ。

それを片目で見たレンジさんは、俺の背中を手で押した。

「イツキくんは車の中に戻って。宗一郎、準備はいいな？」

「全く。同じ日に二戦もやることになるとはな」

「いつも通りだろ」

二人のやり取りを聞きながら車に乗り込みつつ、俺は震えた。

……これ日常茶飯事なんですか。

俺が将来を思って嫌な気持ちになったその瞬間だった。

ぱたり、とさっきまで動き続けていた御札が倒れたのは。

「……っ！」

次の瞬間、既に車内にいた俺に向かって木の枝が伸びてきた。空気を切り裂く怪音を立て、研ぎ澄まされた枝が伸びる。しかし、それは空中で斬り落とされた。斬り落としたのは、父親。

その手には日本刀が握りしめられている。

『あぁ、そう。今の防ぐんだ』

いつの間にそこにいたのか。一人の青年が道路の中央に立っている。

右目を爛々と黄金に輝かせ、四本の腕をだらりと脱力させる異形の青年。

『とんでもない魔力持ちがいるだろう？　おいでよ、仲良くしようよ』

そんな生き物は、モンスターだけだ。

「イツキ！　車の中から出るんじゃないぞ！」

「アヤ。イツキくんから離れないように」

それを前にした二人の反応は早かった。

父親は右腕と右足を導糸で『強化』して、居合の構えを取ると加速。レンジさんはその背後から援護の導糸を展開。青年に向かって魔法を発動。

『あぁ、そう。出てきてくれないんだ。悲しいや』

ギィン！　しかし、モンスターは父親の抜刀を腕で弾く。そして、がら空きになった父親の胴体に向かって残る腕を伸ばした瞬間、そこをレンジさんの導糸が搦め捕った。そして、爆破。糸が爆ぜると同時に生じた爆炎。

それがモンスターとこちら側の視界を一瞬だけ埋めた瞬間に、父親が体勢を立て直して炎ごと斬り伏せる。

『まぁ、良いや。一人一人潰していけば見つかるだろうし』

モンスターがそう言った瞬間、ぶわっ！　と空気が膨れ上がった。

刹那、木々が風も無いのに蠢き出す。地面に落ちた葉っぱたちが寄り集まって人型になる。近くにいただけの昆虫たちが巨大化していく。

「……〝魔〟を、作って」

アヤちゃんが俺の隣で小さく漏らす。さっき言っていた父親の言葉が指し示す通り、モンスターを作れるのは第五階位以上。

だから間違いないのだ。こいつが今回の親玉だ。

俺は息を吐き出して、出せる限りの導糸をモンスターに向かって伸ばした。

僅かに遅れて森の中に響いたのは重なり合った破裂音。それは、生み出されたばかりのモンスターが一斉に破裂した音。

「宗一郎！」

「……ああ」

二人は一瞬だけ俺を見る。俺も二人に頷く。

──雑魚は俺が倒す。

その意思表示は上手く伝わったのか、二人はそのままモンスターに向き直る。しかし、そんな二人に相対しているモンスターは、ただ俺を見ていた。

『あぁ、そう。そういうことするんだ』

そして、モンスターが手を叩いた。

パァン！　と、拍手にしては嫌に乾いた音が響いて──父親とレンジさんの姿が消えた。

「パパっ！　レンジさん!?」

『えっ、あぁ、そう。これには驚くんだ』

一瞬にして二人を消してしまったモンスターは、その黄金の目を丸くしながら呟いた。

『ただの転移魔法なんだけどな』

そうして、困ったように頭をかくとまっすぐ俺を指さして、

『さっきの魔力は、お前だろ。あぁ、別に答えなくても良い。分かるから』

……『転移魔法』。

名前からどんなことをしたかくらいの想像は付くが、どうすればできるかはさっぱり分からない。それだけじゃない。レンジさんと父親をどこまで飛ばしたのかも分からない。

どくん、と自分の心臓が脈打ったのが嫌に大きく感じた。

一手だ。たった一手で、俺がおびき出し、父親たちが祓うという作戦が崩されてしまった。

死。

久しぶりにその概念が俺の心臓を捉えた。

ぎゅう、と強く握りしめられて呼吸が浅くなった。それを全部他人事みたいに感じていた。

「イツキくん……」

「……ッ！」

でも、ぎゅっと隣から手を握られて、意識が現実に引き戻された。

とても細く、震えて、今にも泣き出しそうなアヤちゃんが、俺を現実に引き留めてくれた。

そうだ。死にたくないのは俺だけじゃないんだ。

　アヤちゃんを見ると、びっくりするくらい震えていて、涙を目にためて、すがるように俺の手を強く、強く握りしめていた。

　当たり前だ。アヤちゃんが頼っていたレンジさんがいなくなって、俺の父親がいなくなって、いまアヤちゃんの隣にいるのは俺なのだ。

　俺だけなんだ。

「……大丈夫だよ、アヤちゃん」

　だから俺はアヤちゃんの手を握り返して、ぎゅっと笑う。ぎこちない笑顔になっているかもしれない。でも笑う。笑わないといけない。

　俺がアヤちゃんから貰った安心を少しでも返せるように。

　少しでもその不安が晴れるように。

「イツキくん……？」

「ちょっとだけ、待ってて」

　アヤちゃんは戦えない。

　だったら、やるべきことは一つだけ。

　そっと、アヤちゃんの手を離す。後ろに振り返る。

「僕が祓うから」

『あぁ、そう？　それは無理だと思うけど』

モンスターの言葉に何も返さず、俺は導糸を身体に回す。

……『身体強化』。

全身に強化骨格を纏わせる想像を具現化し、その時間を稼ぐためにモンスターに語りかける。

「無理かな」

『無理だよ。お前、魔力が多いだけだし』

「そっか」

それだけ応えて、俺は自分の後ろに向かって導糸を伸ばす。

『……ん？』

「じゃあ、僕を捕まえてみてよ」

そして、地面を蹴るのと同時に導糸を全力で後ろに放つ。そして、引き寄せる。その瞬間、ぐん、と俺の身体が凄まじい勢いで後ろに引っ張られた。

「イツキくん！」

アヤちゃんの声が聞こえる。

俺が飛んだ瞬間、半分泣いているアヤちゃんの声が。

「任せて！」

声は届いただろうか。

それを確認するよりも先に周りの景色が背景になって全て後ろに流れていく。いま必要なのは距離だ。戦うときにアヤちゃんを巻き込まない位置まで離さないといけない。

相手は第五階位。これまでのやつらと強さが段違いだと思うべきだ。その前提を踏まえれば車の近くで魔法の撃ち合いになって巻き込むことだけはどうしても避けたい。

――だから、ついてこい。

言葉にせず、モンスターを睨む。果たして、モンスターは俺の誘いに乗ってきた。素早くその両足を『強化』。俺に向かって飛んできたッ！

「……やった！」

思わず小声でそう漏れる。

しかし、誘いに乗ってくるのも考えてみれば必然。こいつの狙いは最初から俺だけだから。

その賭けが成功したことにほっと胸を撫で下ろしながら、導糸を森中に張り巡らせる。

「形質変化」

自分のやりたい想像をより具体化するために言葉にする。

次の瞬間、俺が張り巡らせた導糸が全て刃に変化。不可視の結界が生まれる。

『へぇ、そう。器用だね』

飛んで火に入る夏の虫の如く、刃の結界に向かってモンスターが飛び込む。

だが、その直前でモンスターは地面を蹴って跳躍。およそ三十メートルほど飛び上がると、刃の結界を陸上のハードルよろしく乗り越えたッ！

「……ッ！」

なんだよそれッ！

人間離れしたモンスターの身体能力に歯噛みした瞬間、モンスターがその背中に導糸を回したのを見た。

仕掛けてくる――ッ！

俺もそれに対抗するために六本の導糸を全身に回す。そして『身体強化』。これはモンスターと殴り合いするために行った強化じゃない。死なないようにするための強化だ。

次の瞬間、『属性変化：風』によって空気を生み出したモンスターがミサイルみたいに俺に向かって突っ込んできたッ！

「……止まれ！」

俺は目の前に『形質変化：壁』による不可視の壁を生み出して防御。しかし、モンスターはその壁に触れる寸前に減速。そして四本の腕を巧みに使って受け身をとってから、さらに反転。そして、物理的にありえない直角軌道を描きながら壁を飛び越えた。

『あぁ、そう』

モンスターの背中からは当然のように導糸が伸びている。その糸の先は山に生えている木や外灯に絡みついていて――。

こいつ、自分の身体を操り人形にして無茶苦茶な空中機動をやってるんだ！

『簡単には喰わせてくれないわけだ』

「当たり前！」

俺も同様に後ろに向かって導糸を放つと再び距離を取る。

『逃げ続けるだけなら、俺を殺せないと思うけど？』

モンスターの挑発には何も返さない。

返さないまま、俺は右手をまっすぐ伸ばしてモンスターに向けた。生み出すは槍。七五三のときに、黒服のお兄さんが見せてくれた形質変化。そして、それに炎を重ねる。

糸に変化を与えた瞬間に、ごう、と燃え上がる炎の槍が目前に生み出された。そして、炎の槍の導線となる導糸をモンスターに向かってまっすぐ伸ばす。幸いにして、モンスターはそれに気がつかない。俺と違って真眼を持っていないのだ。

チャンス！

それに気がついた俺は炎の槍の後方で『属性変化：風』によって生み出した圧縮空気を爆発させる。さっきモンスターがやった高速移動と全く同じ要領で放った炎の槍は導糸に沿ってモンスターに直撃ッ！

ドウッッツツ！！！

爆炎と衝撃波が周囲の木の葉を吹き飛ばし、モンスターの身体に大きな穴を空ける。

故にその名を、

「……『焰蜂』」

炎の槍が相手の身体を穿つ。

高火力魔法の直撃。流石の第五階位も祓えただろうと思って爆炎を睨んでいると……そこから、腹に大穴の空いたモンスターが飛び出した。

『へぇ、そう。お前、随分良い魔法を持ってるね』

「……ありがと」

これでも祓えないのか……。しかし、祓えなかったのも幸運だったかも知れない。

こいつには聞いておくべきことがある。俺は再び距離を取りながら問いかける。

「パパとレンジさんをどこに飛ばしたの？」

『…………』

モンスターは何も応えない。無言のままで俺を睨む。

次も同じ魔法を叩き込むべきか、それとももっと別の魔法にするべきか。モンスターの返答を待ちながら次の攻め込み方を考える。考えている間にモンスターの身体に空いていた穴がじくりじくりと埋まっていく。

「……えッ⁉」

『え？　いや、治癒魔法だけど……』

そ、そんな魔法があるのッ⁉

俺は知らないぞッ！　誰も教えてくれなかった！　って、そうじゃなくて。

「さっきの質問には答えてくれないの？」

『あぁ、うん。答える必要、ないし。それに』

モンスターが導糸を俺に向かって伸ばす。だが、丸見えのそれを回避。しかし、モンスターの糸は俺の遥か後方に向かって飛んでいくと、巨大な壁を生み出した。

『もう逃がさないから』

「……そう」

逃げ場を塞がれた。

『あぁ、やっぱり。その魔力、喰いたいね』

「あげないよ」

どうする。逃げ場を塞がれた以上はここで祓わないといけない。

あるいはモンスターを飛び越えて、さっき来た道を逆走するという手もある……いや、ダメだ。そうするとアヤちゃんに近づいてしまう。そんなことはできない。

俺が考えあぐねていると、モンスターは笑いながら導糸を道路脇から伸びている木々に向かって伸ばした。

『来いッ！』

モンスターが吠えると同時、木々が立ち上がった。

「……モンスターを作ったところで」

そんなもので、俺をさらに追い詰めるつもりだろうか。

だが、俺もだいぶモンスターを見慣れてきた。青年が生み出したのは全て第一階位。そんなのを作ったところで、この状況が変わるはずがない。

しかし、俺の考えは動き出した木々が導糸を放ったのを見て思わず地面を蹴った。

……なんだ？　何をしてくるんだ？

モンスターが魔法を使うのは珍しいことじゃない。でも、目の前にいる青年が生み出した雑魚モンスターたちが魔法を使うのは初めてで、思わず距離を取ってしまった。

刹那、俺が立っていた場所に向かってドングリが落ちる。

「ドングリ？」

なんでドングリ？

俺が内心で首を傾げるよりも先に、ドングリが地面に触れた。触れた瞬間に、

ドォンッッッ！！！！！

「……ッ!?」

爆発した。

距離を取っていなかったら間違いなく巻き込まれていた。ドングリが爆発するなんて思ってなかったから、『壁』を張るなんて発想もなかった。

あ、危なかった……。

導糸に気がつかなかったかと思うとぞっとする。下手するとあの瞬間に死んでいた。

『あぁ、そう。やっぱり見えてるんだ。だったら、分かるよね』

生み出した木々のモンスターの間に立ちながら、青年が笑う。

『倒したら、さっきのやつ全部爆発するよ』

その言葉に俺は黙り込んだ。黙り込まざるを得なかった。

あいにくと俺はドングリを落とす木の種類も、普通の木がどれだけのドングリをつけるかも知らない。だが、それでも一本あたりの木に生るドングリの数が百や二百で収まらないことくらいは知っているのだ。

俺は未だに煙を上げる爆発跡を見る。アスファルトにはまるで落石でも当たったかのように穴が空いており、煙が晴れると中の土が見えた。

たった一つでこの威力。だとすれば木のモンスターを倒して巻き起こる爆発はさっきの爆発の数百倍はある。そう考えると近くにいる俺だけでは済まない。ここから数百メートルしか離れていないアヤちゃんだって巻き込んでしまう。

このモンスターたちは、倒せない。

「ねぇ、聞きたいんだけど」

『…………？』

……なんて思っててくれれば、とてもやりやすいんだけどな。

「『転移魔法』ってそこまで遠くに飛ばせないよね」

『…………』

モンスターは何も言わなかったが、その黄金の瞳が明らかに丸くなった。

「うん。それだけ分かれば良いや」

当たり前だが、魔法の飛距離は導糸によって伸ばせる長さとイコールだ。

だから『転移魔法』だって導糸の伸ばせる距離までしか転移できないに決まっているのだ。

そして、第五階位の父親が伸ばせる導糸の限界はおよそ二キロ。だから、こいつが飛ばせる距離もそれくらいになるんじゃないのかな。

俺は指先をオーケストラの指揮者のように動かして導糸を操ると長い糸を二本組み合わせて、網を作り上げる。そして木々の隙間を縫うように『属性変化：風』。

轟、と風が唸って枝々からドングリを奪いあげると、そのままふるい落とされたドングリをネットが拾い上げて空へと撥ね上げるッ！

後はたった一つの衝撃を与えてやれば良い。

そうすれば、

——ドォオオンッッツツツ!!!!

連鎖反応によって、全て空中で爆発するんだ！

空に生まれた紅蓮の炎と同時に生まれたチャンスを逃しはしない。モンスターたちの意識が爆発に奪われた一瞬に『形質変化：刃』の糸を放つ。モンスターの身体が二つに裂ける。そして、絶命。黒い霧になって消えていく。

「これが目印になるんだ。パパとレンジさんが戻ってくる……ね」

『……ッ！』

俺が笑うと同時にモンスターが息を呑む。

「それに二人が戻ってくるのを待つ必要はもう無いんだ」

そう言うと、青年は怪訝そうな表情を浮かべた。

そうか。まだ気がつかないのか。

「今日は色んなことが分かったんだ」

『あぁ、そう？　良かったんじゃない』

「うん。とても良かった。『焔蜂』は初めて使ってみたけど、まだ威力が足りないことが分かった。それに『治癒魔法』なんていう魔法があることも分かった。あの程度の魔法だと攻撃を防がれることもね」

『へぇ、そう。急に饒舌になるね』

饒舌にもなる。

何しろ第五階位なんていう強さのモンスターを祓えたんだから。

月が陰る。モンスターが空を見上げる。

「必要な時間は稼げたんだ」

気がつくのが遅い。遅すぎる。

「『隕星』」

その魔法の名前を教えた瞬間に、モンスターは全てを諦めたようにため息を漏らした。

『あぁ、そう……』

それも当然。

モンスターを拘束するように絡みついてまっすぐ空へと伸びている導糸。だが、それはその先にあるものの導線でしかない。本命はその先。『属性変化：土』で作り出した一軒家ほどの巨大な岩である。それが重力に引かれて落ちていく。モンスターめがけて、まっすぐと。

『――手ェ出すんじゃなかったな』

そして、最後にそれだけ言うとモンスターは巨大な隕石の下敷きになった。

ドォオオンンンンンッッツツ！！！！！

遅れて隕石の激突によって生まれる凄まじい轟音。地震。

ぐらぐらと軽く地面が揺れて隕石が道路をまるでチーズみたいに削って、突き刺さった。

しまった。やりすぎた……。

思わずとっさに魔法を解除すると、モンスターが死んだ後に変化する黒い霧が出てきたのが見えた。つまり、さっきのモンスターが完全に祓えたことを意味する。それは良い。

どこかに飛ばされてしまったレンジさんと父親も、さっきのドングリ花火を見ているはずだからちゃんと戻ってくるはずだ。だから、それも問題はない。

一番の問題は道路に空いた大きな陥没痕だ。

どうしよ。これ弁償とかさせられるんだろうか……？　道路っていくらくらいするんだろう。多分だけど高いよな？　お、怒られるだけで済むかな……？

俺が地面の大穴の前で困り果てていると、森の中からレンジさんが飛び出してきた。頭には木の葉がついていて枝で服でも引っかけたのかほつれているところもある。

そんなレンジさんは肩で息をしながら、それでも叫んだ。

「イツキくん大丈夫⁉」

「あ！　レンジさん。うん。僕は大丈夫」

「この穴は？　いや、それよりもさっきの〝魔〟はどうなった⁉」

血相を変えた様子でレンジさんにそう言われて俺は思わず口ごもった。〝魔〟の話をするってことはそのまま穴の話をしなければいけないわけで、

「も、モンスターは僕が祓ったの。でも、その……」

「どうしたの？」

「祓うときに、穴を空けちゃって……」

「これを？　イツキくんが？」

こうなったら正直に言うしかないということで、包み隠さず打ち明けるとレンジさんが急に吹き出した。吹き出して、笑顔なまま教えてくれた。

「大丈夫大丈夫。心配しなくても良いよ。これくらいなら〝躯〟――後処理の人たちが直してくれるから」

「……むくろ？」

レンジさんに大丈夫と言われて安心しつつ、それよりも新しい言葉に疑問。

「イツキくんはこの間の七五三の時に会った他の家の人のこと覚えてる？」

「うん。覚えてる。『月あり』の人たちだよね」

忘れるわけがない。あんな厳つい人たちに囲まれた初めての経験を。

「そこまで知っているんだ。なら『月なし』も知ってるよね？　一般の祓魔師の家に生まれたり、親が殺されたりして祓魔師になった人たちのことだ」

俺は首を縦に振る。最後の言葉にヒナを思い出して心臓がぎゅっとなった。

「『月なし』の生まれだと祓魔師として戦えるだけの魔力を持ってないことが多いんだよ。そういう子たちは〝魔〟を祓えない。だから俺たちの戦いをサポートしてくれるんだ。それが躯の人たち」

「そうなんだ……」

やっぱり魔力量は大事なんだな……。

「あの人たちが対応してくれるのは道路だけじゃないよ。巻き込まれた被害者、建物、その他にも色々やってくれるんだ。だから、イツキくんは安心して〝魔〟を祓って良いからね」

「……う、うん」

そう言われても、俺は頷くことしかできない。というか一番の理想を言うのであれば、モンスターに襲われずに過ごすことなんだけども。なんて絶対に実現しないことをぼやいても仕方ないので、俺はレンジさんと一緒に車に戻った。

戻ってきたら、先に父親が車の側に立っていた。話を聞くと爆発と隕石を見たので、俺がモンスターを祓うことを予想して、アヤちゃんを護りに回ったらしい。流石すぎる。

そんなことを思っていたら、父親の近くにいたアヤちゃんが飛び出してきた。

「イツキくん！　良かった！　生きてたよぉ！」

「アヤちゃん。無事で」

良かった、と続けるよりも前にアヤちゃんに抱きつかれてしまって、言葉を失う。

そして、そのままアヤちゃんは泣き始めた。

「心配したんだよ！　死んじゃうかもって心配したの！」

「……ごめん」

「イツキくんのばか！」

そう言われて泣かれてしまうと、俺は何も言えない。

それは返す言葉が無かったということだし、それだけ心配されて……正直、嬉しかったのだ。前世では俺が死んだ後にここまで心配してくれるような友達はいなかったから。

「……ほんとはね、行かないで欲しかったの」

「うん」

耳元でアヤちゃんの泣き声が響く。

泣き続けるアヤちゃんに少しでも早く泣きやんで欲しくて。

「でもね、そうしたら祓えないって分かってたの。分かってたけど、イツキくんが死んじゃうかもって怖くなって……」

「…………」

アヤちゃんは、バカじゃない。賢い子だ。だから、きっと分かっているのだろう。俺が飛び出した理由も、アヤちゃんから距離を取った理由も。だけど、きっとそれに納得いっていないのは本人で、

「だからね！　私、決めたの」

「何を、決めたの？」

ぱっ、とアヤちゃんが俺から離れて顔を見せる。

その顔は涙でくしゃくしゃになっていて、それでもその目には決意が浮かんでいた。

「私もイツキくんと一緒に祓えるようになるの！」

「……アヤちゃんも？」

「うん！　もっともっと魔法が使えるようになるの。イツキくんと一緒に戦えるくらいに！」

そう言ってアヤちゃんはまた俺に抱きついてきた。その決意が揺らがないように、俺もそっとアヤちゃんをぎゅっと抱きしめた。

それからしばらくアヤちゃんはグズっていたけど、レンジさんが良い感じのところでそれを宥めて俺たちはその場を後にした。もちろん、他に『隠し』をしているモンスターがいないのかを探した上でだ。取り残しがいたら一大事だから。

しかし、幸いなことに他にモンスターはいなかった。だから、父親とレンジさんは道路に空いた陥没痕についての後処理の人に連絡だけして、家に帰った。

帰りの車の中でアヤちゃんは泣きつかれたのか、すぐに眠りに入った。眠るとき、ぎゅっと俺の手を握って離してくれなかった。

「イツキくんも眠っていいからね」

「……うん」

俺はレンジさんにそう返してから、目をつむる。

身体はびっくりするくらい疲れていて、気を抜けば今すぐにでも眠ってしまいそうだった。

そんな眠気に包まれた記憶の中で、さっきのモンスターを思い返す。強い相手だった。知恵が回る相手だったし、何よりモンスターを生み出してくるのがズルい相手だった。

勝てたのが運だとか奇跡とか、そんなことを言うつもりはない。

そんなことを言ったって意味はないから。けれど、あれだけ強い相手と戦って生き延びられたことが俺の脳裏に焼き付いて離れなかったのだ。

それは何よりも嬉しいことだが、別に俺は勝利の余韻に浸りたかったわけじゃない。むしろ、その逆。『下手をしたら死んでいた』という恐怖の混じった反省が消えてくれないのだ。

例えばモンスターと距離を取ったときに向こうが近距離戦に持ち込んでいたら、俺はまともに戦えなかっただろう。

今回の相手は『真眼』を持っていなかったから良かったけど、もし持っていたら最後の『隕星』に気づかれてしまっただろう。

さらに言うなら生み出されたモンスターの爆弾が無差別攻撃だったら死んでいたのだ。

だから、反省するべきことが無数にある。

こんな無茶苦茶な戦い方がいつまでも保つわけがないんだから。

「宗一郎」

「どうした？」

「俺は……これが、ここ数年で一番心臓に悪い任務だったよ」

目を瞑ったまま一人反省会をしていると、俺が眠ったと勘違いしたのかレンジさんと父親が話し始めた。

「『転移魔法』なんて持っている相手だ。何の準備もせずに戦えるような〝魔〟じゃない。少なくとも子連れでくるような任務じゃなかったはずだ」

「……そうだな」

「森の中に飛ばされて、あの爆発を見て、俺の頭の中にはいくつもの『最悪』が浮かび続けていた。アヤが殺されているんじゃないか。イツキくんが殺されているんじゃないかってね」

「俺もだ」

父親が短く返す。顔が見えないからどんな表情で喋っているのかが分からないけど、きっと渋い顔をしているんだと思った。

「イツキくんが魔法で祓ったと聞いたときはタチの悪い冗談だと思ったよ。わずか五歳の子が、まさか第五階位を祓ってしまうなんてな」

「……イツキはな。俺がいないところでも魔法の練習をしているらしいのだ」

さらっと父親の言葉に思わず「うわっ」と声を漏らしかけた。

練習してたのバレてたのか。知らなかった。

「魔法の練習を？　止めないのか？」

「子どもだぞ？　止めたところでやめないだろう。それに魔法の練習なんて幼い頃からやっておいた方が良い」

「……それは、そうかも知れないが」

車が加速する。高速に乗ったんだろうか。

「なぁ、宗一郎。イツキくんがどうやってあの〝魔〟を祓ったか知っているか？」

「いや……。あいにくと見てないんだ。どんな魔法だった？」

「隕石だよ。家くらいはありそうな大きな隕石を落としたんだ」

「……そうか」

「正直、震えたよ。五歳でここまでの魔法を使えるなんて……。大人になったら、どうなるんだろうと思ってね。きっと、伝説の祓魔師に……」

「大げさだな」

「大げさなもんか、きっと……」

俺がちゃんと聞いていたのは、そこまでだった。そこからはずっと眠気に掴まれて、意識が泥沼に沈んでしまったのだ。

次に目を覚ましたのは、身体が揺すられたときだった。

「……ん」

「ああ、起きたか。イツキ」

目を開くと、目の前に父親の後頭部があった。そして、道路の奥にはレンジさんの車。それが交差点を曲がっていくのが見えた。

「家に着いたぞ。起こすつもりはなかったんだがな」

「……ん」

父親におんぶされて、正門を通る。数時間ぶりの家は灯りの一つもついていなくて、母親もヒナも眠ってるんだろうと思った。

「眠りが浅かったみたいだな。眠れなかったのか？」

「……ううん。ちょっと、目が覚めちゃったみたい」

「そうか。初めての戦いだったからな……そういうこともあるだろう。どうだ、パパが子守唄を歌おう」

「だ、大丈夫だよ……」

俺は素早く否定する。

パパの歌、下手じゃん……とは言わない。

赤ちゃんの頃に父親から子守唄を聞かされて泣かされたのは良い思い出である。人は音が外れ過ぎると面白さを通り越して不安になるのだと勉強になった。そんな勉強はしたくなかった。

「そうか……。本当に良いのか？」

「うん」

「ならやめておこう」

そう言うと、父親はそのまま優しく続けた。

「本当に、よくやったな。イツキ」

「……うん？」

急に褒められて意味も分からずに首を傾げる。

「歴戦の祓魔師でも一人では祓えない『第五階位』の〝魔〟を祓った。それだけじゃない。お前は街の人たちに被害が出ないように自分を犠牲におびき寄せただろう」

その言葉に、俺は首を縦に振る。

一つ違うところがあるとしたら、俺は自分を犠牲にしようとは思ってなかったというところくらいだ。結果としてそうなってしまったが。

「父親としてお前のしたことを手放しには褒められはしない。祓魔師には自己犠牲的な判断が求められる場合もある。あるにはあるが……お前はまだ五歳だ。自分を犠牲にするにはあまりにも早い。そんな必要はないんだ」

「…………」

「最初からそうするつもりがなかったとしても、結果として自己犠牲的にならざるを得ないような選択肢がお前の中にある。そして、それを選んでしまう。それが、パパには怖いんだ」

「……うん」

その言葉にはどうリアクションをすれば良かったんだろう。

「でもな、お前がしたことは数万人の命を陰ながら守ることに繋がったのだ。そのことに、祓魔師として、如月家の長として礼を言いたい。ありがとう、イツキ」

「……ううん。僕は、僕の出来ることをしただけだよ」

「いいや。お前のしたことは誰にでも出来ることじゃない。お前にしかできないことだったんだ。本当にありがとう」

父親はそう言って俺をおんぶからそっと下ろすと、ぎゅっと抱きしめてくれた。その時、感じたのは父親の魔力の熱だった。熱と同時に安心する匂いが包んでくれた。

ふわりと心が動いた感情に、どう言葉を付けていいか俺には分からなかったけど、父親に抱きしめられていることが、どこまでも安心に繋がって、なぜか分からないけど泣きたくなった。

「五歳で『第五階位』を祓った祓魔師はこれまで一人もいない。お前は本当にパパの自慢の息子だよ」

「……パパが魔法を教えてくれたからだよ」

「わはは。言うようになったな」

父親は俺を抱きしめたまま、頭をがさがさと乱雑に撫でてくる。でも、それに嫌な気持ちはしなかった。すると、父親はそのまま『そうだ』と言って立ち上がる。

「せっかくだ。何か欲しいものはあるか？　ご褒美にパパが何でも買ってあげるぞ」

「欲しいもの？」

「そうだ。おもちゃとか、お菓子とかだ」

「う、うーん……」

突然、そう提案された父親からのご褒美に俺は思わず唸った。

もちろん、欲しいものはある。例えばスマホやタブレットみたいなネット環境に繋がるものが欲しい。欲しいんだけど、ウチにはＷｉ‐Ｆｉ無いんだよな……。

そのため、スマホの前に回線から揃えてもらう必要がある。だけど、だからといって欲しいものに『Ｗｉ‐Ｆｉ環境』と答えるのは流石に無いとは自分でも思う。

「ねぇ、パパ。欲しいものって何でも良いの？」

「もちろんだ。何でもいいぞ」

父親の言葉に、俺は決意する。

何でも良いのなら、まっすぐ欲しいものを言おう。

「僕はパパの時間が欲しい」

「な、何っ⁉」

目を丸くする父親に、俺はその理由を続けた。

「体術とか、魔法とか……もっと上手くなりたいんだ」

それは、今回の戦いで浮き彫りになった俺の一番の課題。

モンスターと戦うときに、死なないために、俺には体術が必要なのだ。もっと強くならないといけない。それを教えてくれるのは父親だけだ。

だから俺はそう言ってみたところ、

「そ、そんなにパパの教えを……っ！」

父親の変なスイッチが入った。

あ、やべ。変なものを押したぞ。

「よしっ！　決めたぞ。パパはこれから一ヶ月休暇を取る！　その間、みっちり体術をイツキに教えるからな」

「お、お仕事大丈夫なの？　人手不足なんでしょ？」

「何を言う！　イツキの頼みごとなのだ。それを叶えるのが父親の務めというもの！」

「ふ、祓魔師としての務めは⁉」

「関係ない！」

俺は一生懸命、父親をなだめた。

このやりとりはあまりの父親の声の大きさに目覚めた母親に止められるまで続いた。

鳴り響け雷鳴

なんと父親は本当に仕事を休んで俺を相手にみっちり剣術を教えてくれた。

父親から教わるのは攻撃特化の『夜刀流』。特化、というのがどういうことかというと、一切の防御技が無く逆に相手の防御を崩し、上からねじ伏せる超攻撃的剣術である。

考えた人間がどれだけモンスターを殺したかったのかがよく分かる剣術だ。

しかし、攻撃は最大の防御という至言もある。攻撃ばかりと言っても逆にそれが自分を守ることに繋がることもあるのだ。ただ問題があるとしたら俺の体格だろうか。五歳の身体だと、どれだけ鍛えても届かない部分というのはある。ちゃんと剣術を扱えるようになるには成長を待たないといけないのだ。

それに至らぬ部分があるとは言っても、俺のモチベーションはとても高い。何故かというと、頑張ってきたことが無駄にならないということが第五階位のモンスターとの戦いで嫌というほど理解できたからだ。あれが俺の努力の集大成だったのだ。

そんな剣術を学ぶことに燃えている俺が何をしているかというと、庭先で木の人形を相手に模造刀を構えている。とはいっても、相手にしているのはただの人形じゃない。

人形には導糸（シルベイト）が結ばれていて、それを父親が操（あやつ）っているのだ。剣術（けんじゅつ）を覚えるには実戦が一番だとかなんとかで。ちなみに父親と直接戦わないのは実力差がありすぎるからである。

「イツキ。何度でも言うが見るべきは相手の全てだ。目だけでも、足だけでもダメだ。視野を広く持て」

「視野を、広く……」

「そうだ。歴戦の〝魔（ま）〟は目線や足さばきで嘘をつく。こちらを騙（だま）して、有利になったタイミングで殺しにくる。だから、全てを見るのだ」

「……ん」

俺は頷（うなず）くと、ぎゅうっと強く模造刀を握（にぎ）った。

そんな俺の右腕（みぎうで）と両足には導糸（シルベイト）が巻き付いている。『形質変化：身体強化』だ。夜刀（ヤト）流は剣術（けんじゅつ）なんだが、魔法（まほう）とセットで運用することが前提である。

俺は人形の全てを見落とさないように注意を払（はら）っていると、視界の端（はし）で人形が地面を蹴（け）った。

導糸（シルベイト）で上から吊（つる）しているんだから、地面を蹴らなくてもこっちに跳（と）んでこられる。ただ、それでは訓練にならないと父親が動きを再現しているのだ。

「……シッ！」

俺はそれに合わせて剣（けん）を振（ふ）り抜（ぬ）く。

だが、その間合いを見切って人形は薄皮一枚分遠い場所で地面を踏んで減速。ギリギリで俺の剣を回避した。そして剣を振り切った俺に向かって、人形の木刀が振り下ろされる。

だが、俺はそれでは止まらない。止まらないように教えられたからだ。

振り切った姿勢のまま、地面を蹴る。導糸を人形の身体に絡ませる。

——捉えた。

そのチャンスを逃さない。俺は『強化』した両足で地面を蹴ると、そのままドロップキック。人形が剣を振るよりも先に内側に入り込んで更に蹴り抜く。

ドウッ！　と、強化した俺の両脚が捉えた人形が重たい音を立てて後方に跳んでいく。

「良いぞ、イツキ。良い『躰弾』だ」

「……う」

剣の間合いで最も危険な場所はどこか。当然、刃が振るわれる範囲だ。

だから、逃げようと思うのであれば刃の範囲外に出るのが定石である。しかし、攻撃特化の剣術である夜刀流に外に逃げるなんて選択肢はない。逆だ。逆に刃の内側に飛び込むのだ。

無論、危険である。

しかし、刃の内側は違う。そこは腕が振るわれる場所だ。

なればこそ、刃の内側は安全である。

実際のところ本当に安全なのかどうかは知らない。

ただ、夜刀流ではそう考える。

だからこそ勇気を持って一歩を踏み込み、相手の急所を全体重の乗った蹴りで穿ち抜く。この技を、人間を砲弾に見立てたがために『躰弾』と呼ぶのだ。

剣を全く使っていないけど、刃が当たらなかったときのリカバリー技なのでこれも剣術らしい。本当かよ。

『躰弾』は便利な技だからな。これで距離を離した相手に魔法を撃ち込むのもよし。さらに追い打ちをかけるのも良しだ」

俺は遥か離れた場所から届く父親のアドバイスを聞きながら、実戦でこんなことになったら絶対に魔法を使おうと決意。模造刀を構え直していると、縁側からぱちぱちと間の抜けた拍手が送られた。そっちを見るとヒナと母親がいて。

あれ？　さっきまでヒナはテレビ見てなかった？

「イツキ。ヒナがね、お兄ちゃんの練習を見たいんですって」

「にいちゃ。かっこいい！」

え、まじ？　わざわざ俺の練習を？　照れるな……。

ちょっとヒナにかっこいいところを見せたいな、と構えているとその横で父親がヒナに言葉を投げかける。

「ヒナ。パパはどうだ？　かっこ良いか？」

「む！　パパ怖い！」

「………むん」

　ヒナからの容赦ない言葉に偉丈夫が露骨にショックを受けていて、それが面白くて思わず笑ってしまう。父親はヒナにも俺と変わらないくらいの愛情を注いでいるのは見ていて分かるんだけど、まじで見た目がね……。

　そんなことを考えていると、横になっていた人形が起き上がる。

　そして再び地面を蹴る。俺は意識をヒナから特訓に戻すと、剣を構え直す。俺の構えを見てから人形が刃の向きを変える。地面からすくい上げるような形で俺の脚を狙ってくる。

　刹那、俺は人形の木刀に模造刀を合わせると柔道の『一本背負い』の要領で、刀を腕に見立ててぐるりと回転。相手の内側に忍び込むと、その回転を活かして人形を斬り飛ばした！

　剣を剣にとどまらせない。それは剣を柔らかく見立て、舞のように剣を振るう。

　故にその技を『舞剣』と呼ぶ。

「良いぞ、イツキ！」

　人形がぐらりと体勢を崩す。本当に生きているんじゃないかと錯覚してしまう。見れば見るほど父親との技量の差を感じざるを得ない。俺は、まだまだだ。

「ハァッ！」

　しかし、そんなことを考えながらも相手が体勢を崩した好機は絶対に見逃さない。

俺は大きく地面を踏み込んでから、模造刀と両腕、そして両脚を強化。

そして、力任せにそのまま振り下ろした。

ドウッッツ!!!!

俺の振り下ろしによって生まれた剣圧が、空気を震わせ唸らせる。勢いそのままに振り下ろした模造刀が人形に当たった瞬間、人形が縦に真っ二つに断ち切れる。

これが初歩の初歩。『踏み込み』だ。

俺の踏み込みで両断された人形を見て、深く息を吐き出した。これでひとまず一戦は終わりだ。そう思って、ほっと息を吐き出そうとした瞬間——真っ二つになった人形が片腕だけ、のそりと動き出すと俺に向かって剣を放った！

「えぇッ⁉」

完全に倒していたと思っていた俺はそれに反応が遅れた。

投げられた木刀は、掲げた模造刀をかすって軌道を変えると俺のおでこに激突したのだ！

「痛ぁ！」

「わっ！　にいちゃ、いたそ……」

そして、喰らった衝撃のままひっくり返った俺に、父親が近づいてくる。

「油断したな。イツキ」

「パパ、ずるい。倒したと思ったよ！」

「何を言う。〝魔〟の中には首を斬っても死なないものがいるのだ。両断しただけで倒せると思うのは早計にすぎるぞ」

「……むむ」

「〝魔〟を祓ったかどうかはその身体が黒い霧になったかどうかで見ないといけないのだ」

俺は未だにひりひりと痛むおでこを押さえながら父親に文句をつけるが、父親にそう言われてしまえば反論も出来ず、変わりに出来るのは唸ることだけだ。

仕方がないので痛む場所を押さえて立ち上がったところ、

「イツキ。こっちにおいで」

「うん？　どうしたの。母さん」

母親に呼ばれたので縁側に行くと、そっとおでこを撫でてくれた。

その温かい手がおでこに触れた瞬間、すっと痛みが抜けていくのが分かった。

……え、これって。

俺はそれと同じ魔法をつい最近見た。

「これって『治癒魔法』……？」

「あれ？　知ってたの？　お母さん、イツキをびっくりさせようと思ったんだけど」

「前に見たんだよ！」

俺はそう言ってから、ふと思った。

いや、待て。これは『治癒魔法』を勉強するチャンスなのでは……!?

「ねぇ、母さん」

「どうしたの？」

ちなみにだが俺の母親の呼び方は前から母さんになっている。父親の方もそろそろ『父さん』と呼びたいのだけど、そう呼ぶと父親が強烈なNGを突きつけてくるのでパパのままだ。

それはさておいて。

「『治癒魔法』教えて！」

「うーん、まだダメかな」

「え、どうして!?」

「だって、危ないから」

母親から突きつけられた思わぬ『NO』に驚愕。まさか魔法の勉強でNGが出ることなんて予想していなかったから。しかし、諦めきれない俺に対して母親は笑顔で続けた。

「治癒魔法は形質変化なんだけど、身体の勉強が必須なの。だから小学校に入ったらね」

「……う」

そんな、使いたいのに……。

「……本当にダメ？」

「うん。小学生になってからね」

ダメ押しで聞いてみたのだが、母親はすぐに首を横に振った。こうなると、どれだけ押してもダメだ。母親がこうなるとどうしようもないので、俺はぐっとこらえて我慢することにした。

小学校に入るまであと五ヶ月。

……治癒魔法、習いたかったんだけどなぁ。

それからしばらくは治癒魔法に未練があったものの、何とかそれを振り払い午前中は父親と一緒に身体を動かして剣術を学び、お昼寝を挟んで午後から魔法の訓練というルーティンが完成してから二週間ほど経ったとき。

「あれ？　パパは？」

珍しく朝起きたら父親がいなかったのだ。

ここしばらく父親が家にいるのが当たり前になっていたから珍しいこともあるんだな、と思って母親にそう尋ねると洗濯物を両手で抱えた状態で教えてくれた。

「パパはもう出かけたの。お仕事ですって」

「お仕事……」

そういえば、そうだ。仕事があるんだ。父親は二週間も仕事を休んでいたのだ。思えば前世で普通に社会人をやっていたときにも二週間なんて長い有休を取ったことはない。忙しい祓魔師なら余計に難しいだろう。そう思うと感謝しかない。

てか、祓魔師に有休ってあんのかな？

「パパ、イツキとの約束を破ることになるって泣きながら仕事に行ってたわよ」

泣きながら、というのは母親の誇張だろうか。それとも本当の話だろうか。願わくば前者であることを祈る。あの見た目で泣きながら仕事にいく様はちょっと想像したくない。

「パパも忙しいんだから、約束を破ったからって怒ったらダメよ。イツキ」

「怒んないよ！」

何しろ如月家は父親の一馬力。父親の稼ぎで家族四人がご飯を食べられているわけである。労働と、そしてお金を稼ぐことの苦労を知っている俺はそれを責められるわけもない。

だから俺は訓練用の模造刀を手に持って庭に出た。

父親がいなくても訓練は続行する。

というか考え直してみれば、一人での訓練こそ俺の真骨頂と言って良いんじゃないだろうか。赤ちゃんのころの『魔力増強訓練』から始まり、廻術や絲術、そして夜中にこっそりやっていた属性変化の訓練まで合わせて一人で頑張ったのだ。

とはいっても、絲術はレンジさんに教えてもらうことで出来るようになったし、属性変化は黒服のお兄さんに教えてもらってから出来るようになったんだけど。

そんなことを考えながら、俺は庭に並べてある木製人形を見た。

全部、父親が体術の訓練用にと用意してくれたものだ。

この動かない人形を相手に剣術の技を試していくのも良いのだが、それだと実戦での練度に不安が残る。そも父親が何度も言っていたのだ。実戦形式でやるから意味があるのだと。

だとすれば、俺もこの目の前においてある人形たちに動いて貰わないといけない。

……よし、やってみるか。

俺は父親の見様見真似で導糸を人形に向かって伸ばすと、巻きつける。

動かし方は見ていたから、やり方くらいは分かる。導糸を足に吊したまま、俺は人形の足を一歩前に踏み出させた。ガガガ、擬音が付きそうなくらいにはぎこちない動きだったが、それでも実際に前に向かって動いたのだ。

「……おおっ！」

足が動いたということはこっちに跳んでくる動作くらいは再現できる。

初めての人形操作の成功に浮かれたまま、俺はさらに人形の腕を動かした。人形がその手に握っている木刀がまっすぐ振り下ろされる。それもぎこちないが、動きそのものは再現できる。操り人形よりも直感的に操作できるから、動かせるぞこれ。

「よしっ！」

足が動いて腕が動けば、上出来なんじゃないだろうか。

俺は心の中でガッツポーズをすると、呟いた。

「これなら、一人で出来る……！」

当然、見ている者は誰もいないので何の反応も返ってこない。ヒナはこの時間は寝てる。けれど訓練とは誰かに褒められるためにやるものじゃない。死なないためにするものだ。褒めてもらえないからと気落ちするのはあまりに本末転倒すぎる。

俺は朝の冷たい空気を振り払うように、人形を操って自分に攻め入るように動かしてみた。右足で地面を蹴らせて、重心を前に落とさせて、剣を振り下ろさせる。

人形の動きを視界の全体で捉えながら、俺は鈍い剣を弾いた。

「うーん……。弱いなぁ……」

考えるまでもなく当たり前のことなのだが、目の前にいる人形は俺が動かしている。だから、次の動きや剣の強さが分かる。分かってしまうから、実戦にならない。

……一人で剣の訓練が出来るから良い案だと思ったんだけどな。

あとは漫画とかで凄い剣士が脳内でイマジナリー剣士を生み出して戦っているのを見て、本当に良い案だと思ったのだ。まさかこんな簡単な動きしかできない木偶人形になるとは。

「うぬぬ……」

不満しかない感情で人形を見ながら、頭の中で考える。

これ、しっかり突き詰めればちゃんと訓練になりそうなんだけど……。何がダメなんだろうか。慣れてないのがダメなのか？

再び人形に導糸を伸ばして起き上がらせる。そして、動きをしっかりイメージすることにした。だけど、何もなしに仮想の動きを完全に再現できるほど、俺の頭はよくできていない。

だからモデルが欲しい。誰が良いかな。父親か。父親しかいないな。

俺は頭の中で目の前にいる木製人形を『父親なら、こう』と考えて、一歩前に動かした。

「……ん」

それは素人目で見て分かるほど下手な動きだった。

やっぱり頭の中で思い浮かべている動きと実際の身体の動きって全然違うんだよな……。

でも、それは俺の剣術だってそうだった。何度、『型ができていない』と注意されたことか。

でも、その度に少しずつ直してこんな俺でも二週間で少しは動けるようになったのだ。

きっと、人形を動かすのも同じはずだ。

「もう一度……っ！」

再び、人形の足を動かす。

一歩踏み込ませてから、加速。そのまま、斜め下からの斬り上げ！

「……ッ！」

動かした人形の精度が高すぎて、思わず息を呑んだ。慌てて人形の木刀を模造刀に合わせる。

ガッ！　と、木剣同士が激突する音が響いて、俺と人形が激突。だが、人形はその大きな体格を活かすように俺を押さえつけてから、急に力を抜いた。いや、人形の力を抜かせたのは俺なんだが、防御だけにリソースを割いていたので思わず力の矛先を失ってつんのめる。

「うわっ！」

身体のバランスが崩れる。そこに生まれた明確な隙。

その隙を父親だったら絶対に逃さないように、俺の隙を俺は見逃さない。人形の左足を軸にして、回し蹴りを自分の胸に叩き込んだ。

「げほっ！」

そのまま後ろに吹き飛ばされて、地面にバウンド。だが、その寸前で導糸をクッションのように背中に置くことでダメージを軽減。

そして、地面に俺は大の字に寝っ転がった。

「……やりすぎ」

思ったより俺の近接戦が弱すぎて、容赦のない俺の魔法が炸裂してしまった。何を言っているのかは自分でも良く分かっていないが、とにかくイメージトレーニングが成功したのだ。

それにしても、この訓練はどこが自分の弱点か一発で分かるな……。

自分で自分を攻撃しているから分かるわけがないと思うだろうか。しかし、それは違う。俺の魔法の練度と近接戦の練度に差がありすぎるせいで、『魔法使いの俺』が『近接戦の俺』を見ると弱点が無限に見つかるのだ。

「もう一回……」

ということは、だ。

この弱点を一つ一つ潰していけば、俺はもっと強くなれる。

そして、それをやり遂げる基礎は、これまでに父親が全て教えてくれた。

……後はそれを身に付けるために回数を重ねるだけだ。

身体を起こして、人形と向かい合う。そして同じことを繰り返す。

何度も何度も、何度もだ。

傍からだと自分を虐めているようなヤバい訓練だが……繰り返すと効果はすぐに出た。

まず『どう足を動かせば、敵が迷うのか』が分かってきた。分かったことで、俺の動きも変わってきた。なんてったって自分が『こうやれば騙せるだろう』と思って動かした動きに、自分が騙されているんだから初見の相手は俺以上に騙されるはずだ。

次に『どういう攻撃が、相手には嫌なのか』が分かった。対戦ゲームは相手の嫌がることを押し付けるゲームと言ったのは配信者だったか、プロゲーマーだったか。

自分との特訓を通じて『どう攻撃されるのが一番嫌なのか』を身体に叩き込む。嫌らしい攻撃を喰らうと、その攻撃への対処法も必然と身に付いていく。

そうして、自分でも笑ってしまうくらいに近接戦が段々と出来るようになってきたタイミングで、急に縁側に立っている母親から声をかけられた。

「イツキ。アヤちゃんから電話よ」

「アヤちゃんから？」

俺は縁側に置いているタオルで汗を拭ってから、母親のスマホを受け取った。

「もしもし？」

「あ！　イツキくん！　アヤです！」

「どうしたの？　アヤちゃん」

「えっとね、あのね……」

珍しく歯切れの悪い返答が戻ってきて、俺が辛抱強く次を待っているとアヤちゃんが電話越しに息を吸ったのが分かった。

「明日、一緒にクリスマスパーティーをしませんか！」

「え、パーティー⁉」

思いもよらぬ単語がとんできて、思わず考える。

今日って何日だっけ。あ、今日あれか。十二月の二十三日か。明日はクリスマスイブか。

「うん。あのね、一緒にやったら楽しいかなって思ったの！」

「したい！」

「じゃあ、明日イツキくんの家に行って良い？」

勢い良く頷いた俺だったが、パーティーを家でやるなら母親の『ＯＫ』が必須だろう。そう思って母親の方を見ると、笑顔で頷いてくれた。

「大丈夫。アヤちゃんを誘ってあげて」

どうやら電話越しにアヤちゃんの声が漏れていたらしい。

俺は何も言っていないのだが、母親の『ＯＫ』が出てしまった。

「アヤちゃん。大丈夫だって！」

「ほんと⁉　それなら、行くね」

そしてアヤちゃんはそのまま電話をアヤちゃんの母親である桃花さんに代わってしまった。なので俺も電話を母親に交代。

それにしても、クリスマスパーティーか。

マジかよ。ついにそんなものに俺が参加するときが来ちゃったのかよ。良いのかな。俺なんかが参加しちゃっても。

思えば前世ではクリスマスなんてものとは無縁の人生だった。

しかし、そうか。女の子からパーティーに誘われるなんて……もしかしたら、転生してからの出来事で一番嬉しいかも。まぁ、アヤちゃんは女の子の『子』が十割なんだけども。

でも、アヤちゃんが女の子だろうと男の子だろうと、友達からパーティーに誘われるのは前世も現世も通して初めてのことだ。とても嬉しい。

なので近接戦の上達も差し置いて、俺のテンションはマックス。その横では母親が電話越しにお礼を言いながらスマホを切って立ち上がった。

「じゃあ、イツキ。お買い物に行くから手伝ってくれる？」

「お買い物？」

「そうよ。パーティーの準備をするなら買い物に行かないといけないでしょ」

そりゃそうか。準備、いるのか。

あまりに初めての経験過ぎて全く分からなかったが、考えてみれば当たり前のことだ。なんか、そういう人生経験が決定的に欠如してるってことを生まれ直してから感じることが増えてきた気がする。

俺はテンションを落ち着けると、そのままのテンションでシャワーを浴びて服を着替える。

そして、すっかり寝起きのヒナと母親と三人で買い物に出かけた。

向かう先は商店街。使う移動手段はバスである。

ウチにある車は父親の持っている一台だけだが、それは完全に仕事用。だから、俺たちがどこかに移動するときは都営のバスか電車になる。

それにしても母親がヒナを抱っこして俺の手を繋いでいると、とても祓魔師の一族だなんて思えない。普通の家族みたいだ。

「イツキ、ヒナ。次で降りるからね」

「ヒナ押す！」

降りる、と言った瞬間にヒナが勢いよくバスの降車ボタンを押す。

ぽん、と高い音が鳴ってからアナウンスが流れ始める。そういえば、俺も前世では子どもの頃にあれを押したがったな。なんであああいうボタンって押したくなるんだろう。

「イツキ。こっちよ」

「うん」

ヒナは母親に抱っこされているので、必然俺は母親に手を引かれてバスから降りた。

「わぁ、サンタさん！　にいちゃ！　サンタさんいるよ！」

ヒナがそう言って真正面を指差す。

その先に広がっていたのはクリスマス用にすっかり飾り付けられた街並み。道の中央にはクリスマスツリーがそびえ立っていて、店の前にはサンタさんが立っている。

「ほんとだ。サンタさんだ！　トナカイはいるかな？」

「トナカイいないよ！　トナカイはね、ソリの近くにいるんだよ」

俺がヒナにそんなことを教えてもらっている横で、母親が店を探しながら口を開いた。

「まずは飾り付けから買いに行こっか」

「どうして？」

「お店みたいにキラキラさせた方が楽しそうでしょ」

そんな母親が向かったのはチェーンの雑貨屋だった。飾り付けはこういう場所にくれば揃うのだとかなんとか。そんな母親の言葉通り店の中はクリスマス仕様になっている。

「風船とかあったら良いのよね」

「風船？」

「そう。こういうの」

そう言って母親が手に取ったのは膨らませたら『Ｍｅｒｒｙ　Ｘｍａｓ！』になるのだとかなんとか。こんな風船あるのか。初めて知った。母親はそれを買い物カゴに入れると、次にクラッカーとかクリスマスツリーを買った。なんでもあるね、雑貨屋。

なんて俺が誰でも出てくるような感想を抱いている間に、ケーキ屋でケーキを予約。流石に前日は厳しいんじゃないか……と、思ったが、なんと予約は成功。デパートではなくて、街のケーキ屋だったから良かったのかも。

さらに近くの肉屋でチキンも合わせて買うと、それで買い物は完了。

準備も終わったから帰るのかな、と思っていた俺とヒナに母親はふっと提案。

「ねぇイツキ、ヒナ。せっかくクリスマスなんだから、アヤちゃんに何かプレゼントを贈ってあげましょ」

「ぷれぜんと？」

そう聞いたのは俺ではなく、ヒナ。

「うん。プレゼント交換をするの。ヒナはアヤお姉ちゃんに何をあげる？」

「えっとね、ヒナのお洋服！」

「お洋服？　でも、アヤお姉ちゃんは大きいからヒナの服は入らないかもねぇ」

そりゃそうだ。

「イツキは何をあげる？」

「えっ。うーんとね……」

急にふられて思わず口ごもった。

なんだっけ、こういうプレゼントでハート形のアクセサリーは子どもっぽいからダメって聞いたことがある。いや、ハート形がダメなのは大人にあげるからだっけ？

やばい。女の子にプレゼントなんて贈ったことないから何をあげれば喜んでもらえるかさっぱり分からん。分からないから母親に聞いた。

「なにあげたらアヤちゃん喜んでくれるかな」

「そうね。イツキが一生懸命に選んだものだったら、何でも喜んでくれるんじゃないのかな」

「……うゆ」

それが難しんだよな……。

果たして何を贈ったら一番喜んでくれるかな、と考えているとふと名案が浮かんできた。

「えっとね！　髪の毛まとめるやつは？」

「ヘアゴム？　可愛いのがあると良いわね。見てみようか」

そうだ、ヘアゴムって名前だ。あれならそこまで奇抜じゃないだろうし、アヤちゃんも色んなの持ってるはずだから一つ増えたところで、そこまで邪魔にならないと思う。それに、女の子用だから可愛いのもたくさんあるはずだ。

我ながら良い案だな、これ。

というわけで、その日は最後にアヤちゃんのプレゼントを買って帰宅した。

帰宅した後は魔法の練習は置いておいて、家の片付けに奔走した。というのも庭には俺が魔法の練習やら剣術の練習で散らかした木製の人形と、その破片が散らばっているのだから。

それを片付けたり部屋の掃除をしたりして、あれこれやっていると二十三日は静かに過ぎていった。

そして当日。

パーティーが始まるのは夕方からなので、それに合わせてヒナと飾りつけをする。ちなみにだが父親は昨日から仕事でずっと帰ってきていないし、母親は予約したクリスマスケーキを取りに一人で外出。他にも足りなかった諸々を買い出しに行ってくれたのだ。

「にいちゃ、これ上につけて」

「うん。良いよ」

ヒナが空気入れで膨らませた風船を、俺が導糸で壁の高いところに貼り付ける。

やっぱり魔法って便利だ。母親の手を借りなくても高いところに手が届く。そうして風船の飾り付けを終えると、次はクリスマスツリーの開封に移った。

なんと昨日買ってきたばかりのクリスマスツリーだが、コンセントに挿すと七色に輝く機能が備わっているのだ。試してると、ぴかぴかと輝いていた。

うーん、ゲーミングツリー。いや、クリスマスツリーってこんな感じか……。

つまんない考えを振り払ってクリスマスツリーに綿とか、星とか、キラキラしたモールとかを飾り付けしていると買い出しに行っていた母親が帰宅。

「二人とも上手に飾れたね！　綺麗よ」

「あのねー！　にいちゃがね！　びよーんって、貼ってくれたの」

「イツキが？　すっかりお兄ちゃんね。お母さんは料理作ってるから、他にも飾り付けお願い」

残るはクリスマスツリーの飾り付けだけなのだが、そこまで飾りも残っていない。ヒナと二人がかりで終わらせると、準備も万端。

あとはアヤちゃんたちを迎えるだけだ。

そう思った瞬間、インターフォンが鳴った。

「イツキ。アヤちゃんたちが到着したみたいだから、迎えにいってあげて」

「うん！」

ヒナと一緒に門に向かうと、そこにはタクシーから降りてきたアヤちゃんと、アヤちゃんにそっくりな大人の女の人。

数年前の七五三以来に会うアヤちゃんのお母さん……桃花さんだ。

「イツキくん、ヒナちゃん！　来たよ！」

「いらっしゃい。もう準備してるよ」

アヤちゃんに釣られるようにして思わず声が大きくなる。

「あっ！　あのね。イツキくんとヒナちゃんにプレゼントがあるんだよ」

「アヤ。プレゼントはもう少し後の方が良いんじゃないかしら」

慌ててプレゼントを渡そうとしてきたアヤちゃんを桃花さんが止める。そんな様子に思わず俺は笑うと、二人を家へと案内した。

「もうちょっとでご飯できるから、イツキとヒナは準備を手伝ってね」

「はーい」

母親にそう言われてキッチンに向かう。

生まれて初めてのクリスマスパーティーが楽しみすぎて、思わずそわそわしてしまう。

せっかく準備したんだから、アヤちゃんにも桃花さんにも楽しんでいってもらいたい。レンジさんや父親がいないことだけが悔やまれるけど、来年にはきっと。

そんなことを思って始めようとしたクリスマスパーティーは、

──たった一つの雷鳴と共に、一瞬で終わりを迎えた。

鼓膜が弾けたんじゃないかと思うほどの轟音。まるで家に雷が直撃したみたいな。

そして衝撃と天井が同時に落下。その中に交じっている一人の人影。

「イツキ！　ヒナっ！」

とっさに俺たちの近くにいた母親が俺とヒナをかばおうとして──それよりも先に、俺は何者かに拾い上げられた。

『よくぞ実ったッ！』

ズン、と頭の中に直接響き渡るような声。その声を喩えるなら骨伝導のイヤホンだろうか。頭蓋骨が揺らされて、音というか振動が直接頭の中に叩き込まれる感覚。雷鳴でキーンと響く耳鳴りを押しのけて脳内に刻まれる。生理的な嫌悪感。

そして、俺は拾い上げられた勢いのまま壁に叩きつけられる。

「……ぐっ⁉」

俺を拾い上げた腕は黒く、まるで昆虫の甲殻みたいな色。

人のものじゃない。敵だ。モンスターだッ！

『頂こうッ！』

俺が声の主に対して導糸を放とうとした瞬間、それより先に俺の胸ポケットが熱を持った。

『……むッ⁉』

刹那、俺の胸ポケットから光が溢れ出す。

轟、と質量を持った光が俺を掴み上げていたモンスターを弾き飛ばしたッ！

じゅ、と音を立てて光に触れたモンスターの右腕が消失。だがモンスターは驚異的な反応速度で俺から距離を取ると障子を背中で壊しながら庭に飛び出した。

……破魔札だ。

右ポケットに入れていたのは何があっても肌身離さず持っておけと神在月家でもらった破魔札。それが俺を守ってくれた。しかし何も安心できるような状態じゃない。破魔札に消し飛ばされる前にモンスターは逃げた。さらにいえば既に天井は半壊。いつ壊れてもおかしくない。

俺は崩落寸前の天井に向かって導糸を放つ。ネットのように張り、万が一崩れても支えられるように防御。

「みんな！　大丈夫⁉　怪我はない？」

そう言ったのは桃花さん。

粉塵が落ち着き始めて視界が晴れると、そこにはぐしゃぐしゃになった部屋と怪我の一つもないみんなの姿があった。

「……良かった。みんな無事ね」

「私についてきて。こっちから逃げましょう」

安堵した桃花さんの横に立ったのはヒナを抱きかかえた母親。

な、なんでそんな落ち着いているんだ……？

状況が状況だから慌てたり、悲鳴をあげたりしてもおかしくないのに……。

俺は二人に感心しながら逃げようとした瞬間、庭先から吠えるような声が響いた。

『弱者が逃げるのは結構ォッ！』

びりびりと頭の中に響き渡る狂気の声。

『しかァし！　童は、いままさに喰いどきであるッ！』

童。それが誰を指すのかくらい俺にだって分かる。

だってそれは、少年を指す言葉で、ここにいる少年は俺だけで。

『よくぞ、良くぞ実ったッ！　よくぞ育てたッ！』

モンスターの響き渡る声。誰に何を言っているのかまるで分からない。

しかし、庭先から響き渡るモンスターの圧倒的な威圧感だけは、ひしひしと感じ取れる。

それが空気を支配しているのが分かる。さっきまで逃げようとしていた桃花さんも、母親も、それに怖気づいたのか動かない。

……ま、まずいぞ。

こういうヤバいやつは関わらず逃げるのが一番なのだ。少しでも関わったら、前世の俺のように殺されてしまうかもしれない。

「母さん！　逃げよう！」

　完全に注意がモンスターに向かっている母親の手を引いて、大人二人の意識をこっちに取り戻す。俺がそう言うと、母親ははっとした表情を浮かべてから続けた。

「そ、そうね。イツキの言う通り……逃げましょう」

　刹那、バジ、と雷の音が鳴った。

　瞬きした瞬間、目の前に一人の異形が立っていた。

　男。まず分かるのがそれ。身長は二メートルくらいか。信じられないほどの筋肉……を、思わせるような甲冑、いや甲殻？　分からない。

　全身が黒い鎧に覆われていて、口からは四本の牙が上下に生えている。

　破魔札が消し飛ばした右腕はいつのまにか完治。誰しもを逃がさないような威圧感で悠々とそこに立っていた。しかし、そんなことよりも俺の注意を引いたのは、そいつの頭部。そこには絶対に人間にないものがあった。

　角である。モンスターの額からは二本の角が伸びているのだ。

　そんな見た目をしているモンスターを見誤ることなどない。前世も、現世も日本人として育った俺が、絶対にそいつの名前を間違えるはずがない。

　いや、俺だけじゃないはずだ。誰だってそれを見ればそう口にするはずだ。

　そのモンスターの名前を当てられるはずだ。

「──『鬼』」

『いかにも。名を雷公童子という』

「……ッ!?」

モンスターが名乗った!? あまりに初めてのことで、思わず言葉を失う。

その異質さ、異常さに言葉を失ったのは俺だけではない。

アヤちゃんも、泣いていてもおかしくないヒナも、ただ呆気に取られたように目の前にいる鬼──『雷公童子』を見るだけ。

一方の雷公童子はというと、まるで値踏みでもするかのようにその場にいる人間を片っ端から見回すと、アヤちゃんを見ながら告げた。

『素質ありッ! 研鑽に励めッ!』

……ほ、褒めた? モンスターが、人間を!?

これまで培ってきた常識が音を立てて崩れていくのを感じる。その動揺を呑み込みながら導糸を編んだ。編んだ瞬間に、桃花さんに身体を抱き抱えられた。

「逃げるのよ、イツキくん!」

「えッ!? なんで!!?」

そして、桃花さんはそのまま俺を連れて庭先に飛び出す。見ればその足には導糸が絡みついている。『身体強化』の魔法だ!

「名前持ちの〝魔〟はその全部が第六階位！　私たちが戦えるような相手じゃない！」

だ、第六階位⁉

俺が森で戦ったモンスターは第五階位だった。だとしたら、その三十倍は強いってことか？でもなんで、そんなやつが今日このタイミングで……ッ！

「で、でも母さんもヒナもアヤちゃんもまだ！」

「大丈夫。あいつは私たちの誰も狙わない。まだ食べない。雷公童子はそういう〝魔〟なの」

「……食べない？」

「雷公童子は才能ある子が育ち切ってから喰いにくる狩人。これまで何百人もの若い祓魔師が食べられてるの！」

「なっ、なんで！　なんでそんなモンスターがウチに⁉」

「分かんないわ！　前に現れたのは三十年以上前だもの。その時は、十五歳の男の子が食べられた……そう、聞いてるわ」

庭に飛び出した桃花さんと俺だったが、その足元にぬるりと影だけが現れる。

そして、影が桃花さんの影を摑んだ。

「……ッ⁉」

次の瞬間、まるで桃花さんの身体が縫い付けられたかのように固まる。慣性が俺にだけ働くと、桃花さんの腕から離れて庭先に転がった。

受け身を取り慣れていなかったら……危なかった。

「な、なんで……！」

『あらあら。影鬼をやったことないのかしら』

どぷ、と影を滴らせながら再び鬼が桃花さんの下から現れる。

しかし、さっきの雷公童子とは違う。女性体だ。

『影を掴まれたら動けなくなる。子どもでも知ってる常識よね』

「『風刃』ッ！」

その鬼に向かって、俺は魔法を放つ。

『属性変化：風』と『形質変化：刃』を混ぜ込んだ複合魔法。その不可視の刃が女性の鬼を両断しようとした瞬間、女の鬼はどろりと影の中に再び溶け込んだ。

「……ッ！」

『そう焦らないの。坊やの相手は私じゃなくて、雷公童子様』

瞬間、屋敷から雷が立ち上る。そして、俺の目の前に落ちた。

そのまま雷は人の形を取ると、両腕を組んだ状態で俺の前に立ちふさがる。

……な、何なんだよこいつら。

『うむ。うむうむ。よく熟しておる』

まるで果物でも品定めするかのように、雷公童子は俺を見下ろして笑う。

……威圧感が森で戦ったやつとは段違いだ。

落ち着け深呼吸だ。とにかく落ち着くんだ。

呼吸をしないと。

息を、吸わないと……。そう、息をするんだ。呼吸を……どうやって？

覚えているはずなのに、いつも無意識でやっているはずなのに、呼吸ができない。

浅く、どこまでも浅くなっていく。

モンスターが目の前にいる。

だから魔法を使わないといけない。体術を使わないといけない。そのはずなのに、身体が動かない。恐怖に飲まれてしまって、身体がびくとも動かない。

『食材とは、最も美味いときに食すものだ。そうでなければ、素材にも、育成者にも、失礼であろう。それが狩人の流儀というものだ。のう！　童もそう思うであろう』

粘り着くような狂気。それが全身を蝕んでいく。

手が震える。足が震える。殺意に貫かれていく。

その異常性を前にして、前世の時を思いだしてしまう。胸をナイフで突き刺されたことを鮮明に思い出してしまうのだ。

何度呼吸しても酸素が入らず、陸の上で溺れてしまう……あの苦しみを。

死。

絶対的なそれが俺の両足を掴(つか)む。

「待ちなさいッ！」

『む？』

だが、突如(とつじょ)として入ってきた声がその全てを打ち破った。

そこにいたのは、母親だった。今まで見たことのないような形相で、薙刀(なぎなた)を持ってこっちに走ってきていて、

「イツキから離(はな)れてッ！」

『やめよ。兎(うさぎ)が獅子(しし)に勝てぬが世の道理である』

雷公童子(らいこうどうじ)は腕(うで)を掲(かか)げて制止する。

しかし、その制止を振(ふ)り切って母親は薙刀(なぎなた)を振(ふ)り下ろした。

「……ッ！」

『我は逃(に)げよ、と言った』

容易(たやす)く刃(は)を握(にぎ)られた。『身体強化』すらしていない一撃(いちげき)が第六階位に通用するはずもなくて。

いや、違(ちが)う。母さんは第一階位だから強化魔法(まほう)が使えないんだ。

『しかし、それでも立ち向かってくるのであれば』

雷公童子(らいこうどうじ)が導糸(シルベイト)を伸(の)ばす。

母親の心臓に向かって、一直線に。

このままだと、死ぬ。母親が殺されてしまう。
——動け。
どくん、と心臓が脈打つ。脊髄に冷たい鉄を入れられたみたいに悪寒が走る。
恐怖が汚泥のように絡みついてくる。
——動けよ。
『死ぬ覚悟があるということであろうなッ！』
動けよ、俺の身体ッ！
刹那、俺は全身から出せる限りの導糸を放つ。
わずかに遅れて雷公童子の稲妻が世界を駆ける。
バズッッッツツツ！！！！！
空気を切り裂き、雷公童子の魔法が炸裂する。
しかし、それが母親に届くことはない。
それよりも先に、俺が生み出した『属性変化：土』による土壁が食い止めている。
「雷公童子……だったっけ」
名前を呼ぶ。ぶるぶると足が震える。
鬼が振り向く。
「いま、母さんを殺そうとしたよね」

足だけじゃない、声が震えているのが分かる。

俺はこれまで、死なないために強くなろうとした。二度と死なないように、強くあろうとした。殺される前に殺すことが、何よりも死なないための選択肢だと思っていた。それはつまり、俺は死の恐怖を乗り越えられていないということだ。

だから、正直に言おう。

怖いのだ。今すぐ何もかも捨てて逃げ出してしまいたいくらいに怖いのだ。

気を抜けば死ぬかも知れないという恐怖が呼吸を浅くする。

だが、そうだとしても。俺が死ぬかもしれなくても。

「じゃあ、僕に殺される覚悟もあるってことだ」

――母さんを殺そうとしたこいつは絶対に許さない。

『獲物に殺される狩人なんておらんが』

「それなら最初だ。獲物に殺される狩人の」

だから俺が、ここで祓う。

「『焔蜂』ッ！」

俺が導糸を編んで生み出したのは炎の槍。

超至近距離での『焔蜂』はその初速が音速を超える。

避けれるもんなら、避けてみろッ！

放つと同時、雷公童子は一歩後ろに引きながらその体表に雷を流した。

バジッ！　冬に静電気が流れた音を数百倍にしたような雷の音が爆ぜた瞬間、俺は信じられないものを見た。

俺の『焔蜂』が雷公童子の体表を流れたのだ。

『良い呪いだ。しかァし！　雷によって焔が起きるのが世の道理。従って、焔が雷に勝てぬも道理であるッ！』

「……ッ⁉」

そ、そんな訳があるか！

俺は喉元まで出かけたツッコミをぐっと呑み込む。道理の通っていない滅茶苦茶な理屈だが、俺の魔法が防がれたのは事実。

何をどうしたのかは知らないが、炎が通用しないのなら別の手を使うだけ。

『実った』か何だか知らないが、パーティーを邪魔しておきながら人を食べどきのいちごみたいに言いやがって。だから、すぐに次の一手を用意する。

パン、と手を打つと俺の一ミリにも満たない太さの導糸が雷公童子の頭を捉えた。

それはまるで、レーザーポインターのように。

細い導糸に見えるだろう。頼りない導糸に見えるだろう。

しかし、前者は正しく後者は決定的に正しくない。

俺が前世で勤めていた印刷会社は地元に根付いたとても小さな会社だった。

小さい会社だったからこそ地場の中小企業との繋がりが強く、そこで学んだことが多くある。

例えば金属加工の機器には、水を強力に加圧し一ミリ以下の穴から放つことで見事に切ってしまうものがある。話に聞いただけで、俺は本物を見たことがあるわけではない。

だが、その仕組みさえ分かってしまえば問題ないのだ。

生み出すは水。

押し出すは風。

「『天穿』」

次の瞬間、導糸を駆け抜けるのは高圧の水流ッ！

その初速は『焔蜂』を軽く超えた。雷公童子はわずかに目を見開くと、反射的にその右腕をかかげる。雷の壁が生み出されるが、『天穿』の方が速い。

壁を貫いて、雷公童子の額を穿つ。

ドッ！　と、小気味良い音を立てて雷公童子の頭に穴が空く。

だが、倒れない。

『水を素早く飛ばす呪いはこれまで何度も見てきたが』

雷公童子の紫電が爆ぜる。

……まだ足りない。

歯噛みする。

だが、足りないのであれば火力を上げるだけだ。

『誇れッ！　童のが最も速く、最も強いッ！』

刹那、雷公童子が一歩踏み込んだ。

近接戦に持ち込むつもりか。だったら、こっちにだって考えがある。

「……あぁ、そうなんだ」

俺は返答しながら庭先に転がっている石を蹴る。

そこら辺にいる子どもでもやりそうな、普通の動作。だからか、雷公童子はその反応が遅れた。

しかし、当然。そこには俺の導糸が絡みついている。

『むッ！』

遅れて俺のやりたいことに気がついた雷公童子が地面を蹴ったが、一手俺の方が速い。

ドンッッツツ!!!!

石が雷公童子に触れた瞬間、爆発。黒い鎧には傷が入らなかったが、それでも雷公童子の身体をふっ飛ばした！

森で戦ったときにモンスターたちが使っていたドングリ爆弾の応用。……初めてやったにしては上手くいった。使って分かったけど、そんなに難しい魔法じゃないなこれ。

近くにある物体を包んで形質変化を込めるだけだ。単純だが、それ故に身の回りにあるものが武器に変わる。

それは、脅威だ。

『雷公童子様ッ！』

雷公童子を吹き飛ばした瞬間、桃花さんの影から影の鬼が飛び出してくる。

「邪魔だよ」

こいつは雷公童子と違って俺の魔法を受け止めなかった。

それは、俺の魔法を脅威だと思ってるってことだ。

だからこっちにやってくる鬼の足に向かって『天穿』を放つ。太ももに穴が空いて鬼が地面に転げる。そこに向かって『焔蜂』を放つ。

直撃、爆発。

豪炎と共に黒い霧が散っていく。

——祓った。

それを確認した瞬間、俺は薙刀を握りしめたままその場に座り込んでいる母親に叫んだ。

「母さん！　今のうちに逃げて！」

「で、でも！」

「パパたちを呼んできて。ここは僕が止めるから！」

「イツキを置いて逃げるなんて……！」

「早く！　あいつが戻ってくる前に！」

母親は明らかに思案しているようだった。

俺を置いて父親を呼んできても良いのか。その迷いが顔にありありと浮かんでいた。

なんで早く行かないの……ッ！

そう思った瞬間、最初にこの世界に転生したときの母親の言葉が脳裏をよぎった。

『どうか無事に育ちますように』というその言葉を。

……そうだ。

母さんは、死んだ子どものことがトラウマなんだ。だから、ここで俺が死ぬかも知れないと思ってるんだ。必要なのは焦りじゃない。

安心なんだ。

「……大丈夫だよ、母さん」

「でも……」

「僕は第五階位を祓ってる。もし雷公童子を祓えなくても、隙を見て逃げ出すから」

「………」

無言。だったら、もうひと押しだ。

「母さん。僕だけじゃないんだ。ヒナも、アヤちゃんもいる。二人を安全な場所に連れていけるのは母さんだけだから」

「……分かった」

母親はあらゆる感情を呑み込んで決意した表情を浮かべて、立ち上がった。

「絶対に逃げるのよ！」

そして、そう叫ぶとヒナの元へ走って向かった。

「桃花さんもアヤちゃんを早く安全な場所に連れてってあげて。あと、レンジさんを呼んできてほしい」

「……ええ、分かってるわ」

既に影の鬼は祓っている。だから、既に動けるようになっている桃花さんは母親よりも素早く動いてアヤちゃんを助けに向かった。

それを見守っていると、吹き飛ばされていた雷公童子が雷と共に戻ってきた。

『弱者を逃がすか。まぁ、良い。まだ食べどきではないからな』

「よく言うよ。見過ごしたくせに」

『天穿』を喰らっても飄々としていたやつだ。あの程度の爆発が有効打になるわけがない。

だから、雷公童子はいつだってここに戻って来ることができた。けれど、母親と桃花さんが逃げるのを待っていたということは、そういうことだ。

『うむッ！　助けは来ぬからな。逃がしたところで問題はあるまいて』

「……？」

『森の若造がやっておったのだろう。配下を生み出し、祓魔師の注意を引く。あれは我が教えた手法よ』

「……そっか」

第五階位より上のモンスターは、モンスターを生み出せる。

道理でレンジさんも父親も仕事が忙しいわけだ。

「そういえばあの影の鬼、祓ったけど良かったの？」

『うむ。我は手を出すなと先に言っておいた。それでも手を出したということは死ぬ覚悟があったということだ。それに数が足りぬのであればまた生み出せば良いだけのことよ』

そういえば、もしかして森で戦った第五階位のモンスターもこいつが生み出したんだろうか？　その可能性もあるるな。

『弱者のことなどどうでも良い！　童の言葉、先程から聞いておったが……我から逃げられるつもりでおるのか？　笑止千万。一度獲物に食いついた狩人が獲物を逃がすとでも？』

「ううん。逃げるつもりなんてないよ」

そんなこと、とっくに選択肢から外してる。

「僕はオマエを祓うから」

『ふははッ！　我を祓うと！　どのようにだ』

「なんのために母さんたちを逃がしたと思ってるの」

ごう、と空気が震える。違う。俺が震わせたのだ。

「僕の魔法から、逃がすためだよ」

刹那、空が落ちてきた。

導糸を雷公童子に結びつけ、その反対側は『属性変化：土』によって生み出した流れ星に絡みついている。

──落ちろ、『隕星』。

『ふむ。夜這い星か』

空から落ちる星を見て雷公童子は地面を蹴る。その場から逃げようとするが、『隕星』は俺の導糸に従って移動する。逃げたところで、導糸を切り離さない限りは逃げ出せない。

そして、導糸を断ち切る方法は存在しない。

『なるほど。我に導糸を結び、星を喚ぶ呪いか。その歳での、その殺意。早めに狩りに来て、正解であった』

しかし、雷公童子は驚いた様子も見せずに落ちてくる『隕星』を見上げると、バジッ！と、腕に紫電を走らせた。刹那、それと同時に腕と両足に導糸が巻き付くと、

『だがしかァし！　この程度の呪いであれば、真正面から受け止めるだけよッ‼』

キュドッッッツツツツ！！！！！！

衝撃波が駆け抜ける。腹の底に凄まじい音が響き渡ってあらゆるものを吹き飛ばす。崩壊をギリギリのところで耐えていた家が、耐えきれずに壊れていく。俺も地面に『導糸』を打ち込んでいないと、その場から吹き飛ばされてしまうほどの衝撃。

星を落としたのだ。

止められるわけがない。止められるわけがないのに。

『絶ッ！　好ッ!!　調ッ！！！』

雷公童子は『隕星』を受け止めた。

無論、無傷ではない。

受け止めた右半身は焼失して、内側から黒い骨が見えている。頭はわずかに三割ほどを残すだけになって、一本だけ残った角も途中から折れてしまっている。身体から黒い蒸気とも、魔力とも思えるような煙が上がっていて、とてもじゃないが無事には見えない。

しかし、それでも雷公童子はその両の脚で落星孔の中心に立っている。

そして紫電が弾けた瞬間……まるで、動画の逆再生のように傷が修復されていく。

『再び名乗ろう童。第六階位の〝魔〟が一人。雷の呪いを極め、祓魔師狩りを行う我こそが鬼』

ああ、そうか。

これがそうなのか。

『我の名は、雷公童子である』

数百人の祓魔師を殺し、喰らい、力をつけた化け物。

知恵を持って数多の祓魔師たち、その芽を詰んできた圧倒的な強者。

これが第六階位。これが名前持ち。

実質的な、モンスターの最上位……！

『今のが童の最高火力と見た。しかし、我には通じぬ』

だが、それが何だと言うのだ。

モンスターの最上位が何だと言うのだ。

それで諦めるくらいだったら、それで逃げ出すくらいだったら——俺は一体、なんのために
戦っているのだッ！

『言ったであろう。獲物に狩られる狩人などおらぬと』

「でも、僕は言ってないよ」

俺が魔力を溢れ出させる。

みんなで準備したパーティーをぐしゃぐしゃにしたこいつに、
俺の大事な母親を殺そうとしたこいつに、
それに何より、驕り高ぶり俺を喰えると思っているこいつに、

「『隕星』が一番強いなんて」

努力の成果を見せてやる。

『ほう。夜這い星よりも威力の大きな呪いを持っていると?』

「そうだよ」

『奇妙なことを言うものだな、童ッ! どうやって星よりも威力ある呪いを使うというのだ』

その雷公童子の問いかけももっともだろう。

魔法を知らなかったら俺だってそう思っていた。属性変化しか基礎属性を修めていないときだったら全く同じことを思っていただろう。

だが属性変化には先がある。

基礎属性変化を組み合わせることで生まれる複合属性変化。

それを知らなければ、俺だって『隕星』を超える魔法を生み出せるとは思わなかった。

俺が最初に使った複合属性は風と火を混ぜ合わせた『複合属性変化:爆』。

たった二つの導糸を編み込むことで、魔法の火力は基礎属性の約三十倍に跳ね上がった。

無論、魔力消費も同じだけ跳ね上がるのだが。

「本当は使いたくないんだ。僕はこの魔法を……実は、ちゃんと使ったことがない。途中で怖くなってやめちゃったから」

それは、気づきだった。

ある一つの疑問から、生まれた魔法だった。

『不完全の魔法で我に啖呵を切るか、童ッ！』

「ううん、不完全じゃないよ。完成はしてるんだ。でも、この魔法は威力が強すぎてどこまで壊れるか僕にだって分からない」

複合属性の練習中、俺は魔法使いとして、そして元印刷業に関わるものとして当たり前の疑問に至った。

果たして、三つ目の属性をかけ合わせたらどうなるんだろうと。

俺がそこに至った必然は、色の三原色——厳密には白を含めて四色——しかないというところから来ている。それは、たった三色であるが組み合わせによってどんな色だって再現できる。

そして、この三色全てを重ね合わせたらあらゆるものを呑み込む黒になるのだ。

だとすれば。

だとすれば、だ。

基礎属性を三つだけではなく、さらに組み合わせればどうなるのかという疑問が出てくるのも、仕方のないことだろう。

『ふははッ！　我を前にして気でも狂ったか、童ッ！　己で扱いきれぬ呪いなど、無用の長物ッ！　所詮は宴での芸に過ぎんッ！　我をそれで殺せるとでも言うのかッ！』

そう叫んだ瞬間、雷公童子は地面を蹴って紫電と共に駆け出した。

それを見ながら俺は導糸を伸ばす。

生み出す糸は七本。うち二本は『身体強化』に回す。

それで良い。それだけで良い。

「雷公童子。もう死ぬ準備はできた？」

近づいてきた雷公童子に向かって、俺は踏み込んだ。

恐怖は未だに俺を捉えている。だが、それ以上の怒りがある。

『死の準備だとッ!? 生と死は表裏一体ッ！ 生きていることが既に死への準備なのだッ！』

「あぁ、そう……？」

なんか独特の生命観を持ってるみたいだな。

俺には理解できない価値観だ。死にたくない俺には、絶対に。

「なら、後悔はしないんだね。もう命のカウントダウンは始まってるんだから」

残る五本の導糸を全く同時に伸ばす。雷公童子は見えていないはずの導糸を回避。だが、真眼を持っていない雷公童子がそれを避けられるはずがない。

一本だけ、雷公童子の右足に絡みつく。それに付与している属性変化は火。

残り、四。

『我が生き様に後悔などないッ！ ただ前に進むだけよッ!!』

微妙に噛み合っているような、噛み合っていないようなやりとりをしながら、俺はさらに前に踏み込んだ。父親と訓練を積んだ二週間は剣術だけじゃない。体術だって、特訓したんだ。

『ここで我に飛び込んでくるかッ！』

俺は雷公童子に触れることなく薄皮一枚のところで鬼の手から離れて背後に回った。

そして導糸を伸ばす。

だが、俺を逃がさぬよう雷公童子は右足に雷をチャージして、地面を蹴った。

俺に向かって落雷の速度でやってくる雷公童子を相手に、導糸の目測を誤った。

二本が空を切って、二本が雷公童子に絡みつく。与えているのは水と土。

残り、二本。

『油断したな、童ッ！』

そして雷公童子が俺の身体を摑んで、持ち上げた。

だから、尋ねた。

「ねぇ、雷公童子」

『今さら命乞いか？』

「僕を持っても良かったの？」

それだけ至近距離にいて、俺が導糸を外すなどありえない。

だからこそ、思わず浮かべてしまった勝利の笑みに雷公童子は俺を手放した。

『……ッ！』

そして地面を蹴って距離を取る。

だが、無駄だ。その行いの全てが無駄なのだ。
既に俺の導糸は雷公童子を捉えている。
「いま、カウントダウンは0になったよ」
刹那、世界が雷公童子を中心に歪んだ。
ぎゅるり、強力な重力場でも発生しているかのように光が捻じ曲がった。
「僕らに手を出したこと。それだけ後悔しながら死んでほしいんだ」
『ぬッ！　これは……ッ⁉』
基礎属性は全てで五つ。
その全てを重ね合わせたときに何が起こるのか。
「呑み込め、『朧月』」
ごう、と風が渦巻いた。否、それは空気が呑み込まれているのだ。
その答えが今まさに、俺の目の前に顕現する。
『な、なんだこれはッ！　一体なんの呪いなのだッ！！？』
──ガッッッッツ！
刹那、雷公童子の腹部に生み出されたのは漆黒の球体。
そこに向かって、雷公童子が呑み込まれていく。
『に、逃げれん……ッ！　呪いも使えぬッ！　なぜだッ！』

無論、ただ呑み込まれていくのではない。

その身体が煙と見間違うほどに、小さく、細かく分解され吸い込まれていっている。

五つの属性を全て組み合わせることで生み出される『複合属性変化：夜』。

それはあらゆる存在をただ一方的に呑み込むだけの虚無の属性。使用には、基礎属性魔法の八十一万倍の魔力を消費するのだが……まぁ、第七階位の俺にとっては何も問題ない。

「だから言ったでしょ」

その魔法は生み出した漆黒の球体を、呑み込まれていく対象物だった粉塵が覆い隠す。粉塵は呑まれる最中に淡く光り、漆黒の球体は薄雲の奥で光り輝く月のように見える。

故にその名を『朧月』と言う。俺が名付けた。

「僕は絶対に祓うって」

これを最初に使ったときは、あまりの威力に驚いて思わず魔法を消してしまったのだ。

だから取り込まれる相手が魔法を使えなくなるというのは知らなかったのだけど——知れてよかった。

『……ありえぬッ！　ありえぬッ‼　ありえぬッ！！！』

雷公童子はもうその身体の一割も残していない。

もうそこから抜け出せることは絶対にない。

『我が、人に負けるなど。童に負けるなど……ありえぬのだッ！』

「ううん。違うよ」

『……ッ！』

「雷公童子、あんたは僕に負けたんだ」

俺の言葉を最後に、雷公童子はこの世から完全に消え去った。

それが何百人もの祓魔師を葬ってきた、第六階位のモンスターの最後だった。

……手強い相手だったな。

間違いなくこれまで戦ってきた相手の中で一番強い相手だった。

俺の全てをぶつけて、祓える相手だった。

「だから……僕の、勝ちだ」

だが、それに変わりない。

俺はほうっと息を吐き出して、空を見上げた。

クリスマスイブの空は、サンタが飛んでいれば分かるほどに澄み切った夕暮れになっており、俺の吐いた息が真っ白に染まって消えていった。

「母さんたちを呼ばないと。いや、その前に『朧月』をどうにかした方が良いのかな……？

あ、でも小さくなってく」

見れば漆黒の球体は蒸発しているかのように、小さくなっていく。

どうやらこのまま放っておいても問題はなさそう。

俺は自分の魔法から視線を外して、完全に崩壊した家を見て……思わず背筋に冷たいものが走った。

「こ、これ……どうしよ」

雷公童子が屋根を突き破って家に落ちてきたものだから、俺が五年間過ごしてきた屋敷が半壊。さらに『隕星』が止めになって倒壊してしまった。

それに加えて父親が張っていた結界も既に機能していない。これじゃクリスマスパーティーなんて夢のまた夢。そもそも普通の生活だって送れない。

「とにかく、母さんたちを呼んでこよう」

父親やレンジさんを呼びに行ってくれたはずだが、どこまで行ったのだろう？

深く息を吐き出すと、どっと疲れが襲ってきた。

その場に座りこんでしまおうかと思ったけど、この家にはいま結界が無いので他のモンスターがやってきたら対処が遅れる。それは流石にまずい。だから、ぼんやり立っていたのだが

……夕日が沈みきって月明かりが庭に差し込んだ。

その時、雷公童子を呑み込んだ後──削れた庭の穴の中で何かが淡く光った。

「……ん？」

なんだろう、と思ってそこに向かうと地面に落ちていたのは黄金の宝玉。

大きさ的にはビー玉くらいしかないのだけど、月明かりを取り込んでまるで発光しているか

のように煌めいていた。

素手で触るのは怖かったので、俺は導糸を伸ばしてそれを手元に持ってくる。もちろん、触ることなく近くで見るためだ。

……なんだ、これ。

そう思って俺が顔を近づけた瞬間だった。

崩れた家の裏から、母さんの声が聞こえてきた。

「あ、母さん！」

「イツキっ！」

これで探しにいく手間が省けた。

なんて間の抜けたことを考えていると、母さんは俺のところに駆け寄ってきてぎゅっと……俺を抱きしめてくれた。

「良かった！　良かったっ！　生きてた……!!」

「……うん。死なないよ」

「イツキが無事で良かった……」

小さく声を漏らして、その声にあふれんばかりの感情がこもっていて、俺も母親をぎゅっと抱きしめ返した。そして放そうとしたのだが、母親は放してくれなかった。

「母さん。苦しいよ」

俺はそう言ったのだが、それに母親は俺を放さずに続けた。

「心配したのよ」

「……うん」

「イツキは逃げるって言ったのに、家から魔法の音が消えなくて」

「…………」

「音が聞こえなくなって、もしかしたらイツキが死んじゃったかもって思って」

「…………ごめんなさい」

俺は何も言えなくて、それでも言葉をなんとか絞りだしてそう言った。

それ以外に、俺は母親に何を言うべきか見つからなかったから。

「ううん。無事で、良かった……」

ほう、と深く息を吐き出して母親はそう言うと、ようやく俺から手を離した。

「ねぇ、母さん。ヒナは？　アヤちゃんは？」

「桃花さんと一緒にいるわ。安全な場所に連れて行ってもらってるの」

「そっか、それなら良かった」

「ねぇ、イツキ。雷公童子はどこに行ったの？　逃げちゃったの？」

母親は俺から手を離したというのに、視線は俺に合わせたままで続けた。

あぁ、そういえばまだ雷公童子がどうなったか言ってないじゃん。

「ううん、逃げてないよ。僕が祓ったよ」

「………え？」

呆けた表情を浮かべた母親は、その表情のまま俺に尋ねてきた。

「イツキが、雷公童子を……？」

「うん、僕が祓った。それでね、これが雷公童子を祓った後に落ちてたんだけど……母さん。何か知ってる？」

「……遺宝」

イホウ……？

違法？　いや、違うか。どういう漢字書くんだ？

「ほ、本当に祓ったの？　イツキが？　雷公童子を……？」

「うん。そうだけど……」

金色の宝玉を見た瞬間、顔色を変えた母親が困惑と驚愕を交えたような表情で続ける。

「……これはね、イツキ。遺宝っていうものなの」

「なにそれ？」

「〝魔〟は普通、死んだら黒い霧になるでしょ？　でもね第六階位より上の〝魔〟は死んだら、そこに魔力の結晶を残すの。それをね、遺宝って呼ぶのよ」

へぇ、そんなのあるんだ。じゃあ、俺も死んだら結晶とか落とすのかな。

絶対に検証しないが。

「これは雷公童子の遺宝でしょ？　パパに見てもらわないとだけど……。でも、これが落ちてたってことは、本当に祓ったのね。イツキが」

母親がそこまで言うと裏手の方から、ギュギュギュッ！！！　と、タイヤのゴムとアスファルトがこすれる音が聞こえてきた。あぁ、父親が来たんだなと思った瞬間、ゴスッ！　という、車をぶつけた音まで響く。

え？　大丈夫？

「イツキ！　無事か⁉　生きているか！！？」

聞こえてきたのはよく通る父親の声。

そして、屋敷の向こうから一足飛びに庭までやってきた。

地面に着地すると足に『身体強化』の導糸を巻きつけて、ここまで跳んできた。

「雷公童子はどこだ？　何もされないか⁉」

「ううん。大丈夫だよ。僕が祓ったから」

パニックになっている父親がちょっと面白くて、俺は雷公童子の遺宝を指差した。

「……何？」

俺の言葉に父親の目の色が変わる。

「少し、見せてくれ……」

そう言うと、父親は俺が導糸で吊したままの遺宝を手にとった。そして、唖然としながら呟いた。

「……間違いない。雷公童子の、魔力だ」

触っただけで分かるものなんだろうか。

しかし、現に父親がそう言ってるんだから事実なんだろう。

「そうか。イツキが、雷公童子を……」

そう漏らした父親の横顔を、俺には言葉であらわすことができなかった。それは俺が雷公童子を祓った衝撃。遺宝を見て雷公童子が祓われてしまったという確信。そして、雷公童子への哀れみ……だろうか。いや、そのどの言葉にも当てはまらない表情。

もしかしたらその全てだったのかも知れない。

「ねぇ、パパ。これって持ってたら何か良いことがあるの？」

「ああ、もちろんだ。これを通せば、イツキの魔力と雷公童子の魔力が『共鳴』する。……簡単に説明するとだな。雷公童子の使っていた魔法が使えるようになるのだ」

「えッ!?」

俺もあの雷の魔法をッ!?

「とはいえ、ずっと身に着けておかねばならぬのだが……。それについては、後で考えよう」

父親はそう言うと立っている俺を持ち上げて、抱きしめた。

「……良かった」

母親と違って、父親はそれしか言わなかった。

それだけで、俺には十分だった。

十分すぎる愛をもらっていると思った。

だから照れくさくなってしまって、話題を変えようと思った。

「ね、パパ。母さん。ヒナとアヤちゃんを迎えに行こうよ」

「む？　ヒナたちはどこにいるんだ？」

父親がきょろきょろと周囲を見渡す。

その言葉には立ち上がった母親がすぐに答えた。

「桃花さんと一緒に別の場所にいますよ」

「そうか。そうだな。だったら、早く迎えに行かないとな」

父親はそう言うと、俺の右手を取った。

すると、母親が左手を握ってくれた。

「じゃあ、行くか」

そうして、三人でヒナとアヤちゃんを迎えに行くことにした。

「良いんですか？　年末なのに全部向こうのお世話になって」

「レンジがな。気にせず来いと言って忙しないのだ」

夕暮れ差し込む車の中で父親がそう返すと、ゆっくりとハンドルを切った。

いつの間に買っていたのか車の中にはヒナ用のチャイルドシートが設置してあり、俺と一緒に後部座席に座っている。

今日は俺が雷公童子を祓ってから一週間。十二月三十一日である。

色々と忙しい一週間だった。まず家が全壊したので、新築が建つまでホテル暮らしをすることになったのだ。まさかこんな形で体験するとは思っていなかった。

別に俺はその暮らしに反対などないが、体術の練習が出来ないことだけ不満と言えば不満である。ホテルの部屋で激しく身体を動かすわけにはいかないし、人目につかない公園も近くにはない。だから体術の練習が一週間くらい出来ていないのだ。

その代わりに室内で出来る魔法の練習をしているが、これもたかが知れている。あまり大きな魔法を使うとホテルの備品を壊してしまいかねないし。

大切なものは失ってから気づく、とは良く言ったものだけど、まさか何も気にせず毎日魔法の練習を出来る環境がこんなにも大きなものだとは気がつかなかった。

「そろそろ着くぞ」

「アヤねえちゃの家ー？　大きい？」

「ああ、大きいぞ。うちと同じくらいだ」

「おっき！」

ヒナが目を丸くして驚くが、実のところ俺もアヤちゃんの家に行ったことはない。

何しろ父親からお墨付きが出るまで俺は家の外に出ることすら出来なかったし、いつもはアヤちゃんの方から遊びに来てもらっていたから、行く機会が無かったのだ。

だから、どんな家なんだろう……と思っていると車が減速。見えてきたのは江戸時代の武家屋敷を思わせる長く大きな土壁。壁は雪のように真っ白に塗られていて汚れの一つも見えない。

そんな綺麗な壁を見たヒナが大きく声を出した。

「壁だよ！　壁！」

「ああ、祓魔師の家はな。魔法の修練が外に漏れないように家の周りを壁で囲うのだ。それに壁で囲ってあれば結界を張りやすいしな」

ヒナの質問に答えた父親だったが、それに疑問が湧いたので今度は俺から聞いてみる。

「どうして壁があったら結界が張りやすいの？」

「目安になるのだ。イツキも補助輪なく自転車には乗りづらいだろう？　それと同じで、補助があった方が結界は張りやすいのだ」

「……ほぇ」

分かるような、分からないような。

でも、父親がそう言うのだから、それは正しいんだろう……なんてことを考えていると大きな門からレンジさんが出てきた。

「良く来たな！　宗一郎。駐車場はこっちだ」

「先に子どもたちを降ろして良いか？」

「ああ、それが良い。アヤも楽しみにしてるんだ」

俺は子ども用のリュックを持つとヒナと一緒に車から降りる。

今日はなんとアヤちゃんの家にお泊まりなのだ。

というのも雷公童子に潰されたクリスマスパーティーの代わりに年越しパーティーをやろうという話になり、アヤちゃんの家でパーティーの続きをすることになったわけである。

俺とヒナ、それと母親も合わせて初めての霜月邸に向かっていると、門をくぐったあたりでアヤちゃんが玄関から飛び出してきた。

「わ！　イツキくん！　ヒナちゃん！　いらっしゃいませ」

「おじゃまします！」

お互い挨拶し合うと俺たちの手を引いて、アヤちゃんは家の中に案内してくれた。

一方、母親は玄関で桃花さんと挨拶を始める。その横を抜けるようにして、アヤちゃんの家に上がった。ウチと同じくらいに大きな日本建築の建物を見ると現代の東京にこんな良い家があるんだなぁ、と他人事みたいに思ってしまう。

「こっちだよ！」

しかし、そんなアヤちゃんに連れてこられたのは部屋ではなく縁側。その先には等間隔に並べられた人形の模型がある。

うん？　あれって、ウチにあったやつと同じやつ？

やけに見覚えがある人形に向かってアヤちゃんが突然、導糸を伸ばした。伸ばした瞬間、十メートルは離れていた人形模型を搦め捕る。

「見て！　こんなに伸びるようになったの」

「すごい！」

前は数十センチしか伸びなかったのに、ここまで伸びるなんて。

「アヤちゃん。すごいよ！」

俺はそう言ってアヤちゃんを褒めるが、導糸が見えないヒナは不思議そうに首を傾げるだけ。なので、俺はそっとヒナの頭を撫でる。

俺がアヤちゃんの成長に驚いていると、さらに彼女は続けた。

「私ね、本気だよ」

「本気？」

前も似たようなことを言った気がするな、と思っているとアヤちゃんは続けた。

「イツキくんと一緒に戦える魔法使いになるの」

「……そっか」

まっすぐ答えるアヤちゃんの横顔を夕日が照らして、思わず俺はそれに見とれてしまった。

もしかしたら、アヤちゃんの決意に呑まれたのかもしれない。

「アヤちゃんにすぐ追いつかれちゃうかもね」

「ほんと？　じゃあ、待ってて！」

「ま、待てるかな……？」

それはちょっと約束できない。

死なないために。そして、大切な人たちを守るために俺は立ち止まってはいられない。

だから俺は『待つよ』なんて言わずに、頑張って笑顔で続けた。

「アヤちゃんなら、僕なんて簡単に超えれるよ」

「それはやなの！　一緒！」

褒めたつもりだったのに怒られてしまった。

……女の子って分からない。


ふと後ろからレンジさんの声がかかったので振り向くと、父親と一緒に立っていた。

「アヤ、イッキくんに見せた？」

「うん！」

レンジさんはそっと目を細めると、

「これからもアヤをよろしくね、イッキくん」

「は、はい！」

急にそう言われたので思わずかしこまってしまった。

そんな様子を見たのか、レンジさんはからりと笑って、

「ちょっと早いけどご飯にしよっか！」

そう言って、俺たちをリビングへと案内してくれた。

案内された部屋には大きなこたつとガスのコンロが早くも準備してあって、母親と桃花さんが一緒にご飯の準備をしていた。なので、俺たちも手伝いに向かう。

「わ！　カニさん！　にいちゃ、カニさんだよ！」

「ほんとだ。生きてるかも」

「やーっ！」

キッチンの上に大きなカニが丸々二匹も置いてあったので、ヒナにちょっと冗談を言った

ら全力で走って逃げていった。

そんなことをしながら、俺はアヤちゃんと一緒にご飯の準備を手伝った。カニが置いてあった通り今日のご飯はカニ鍋みたいで、コンロ用のガスを用意したり、皿を用意したり、準備は色々だ。人の家で家事を手伝うなんて初めての経験だから少し楽しかった。

準備が終わった頃には、すっかり日も暮れていて、

「今日は来てくれてありがとう。イツキくんも、ヒナちゃんも楽しんでいってほしい」

「うん！」

「じゃあ、いただきます！」

「いただきます！」

レンジさんの音頭に合わせて、俺たちは手を合わせる。

「にいちゃ。カニさんってどうやって食べるの？」

「確かにどうやるんだろう……」

カニの脚を母親から取り分けて貰った状態で困る俺とヒナ。カニなんて食べるのは数年ぶりどころではない。十数年ぶりとかだ。

どうしたもんかと困っていると、母親が剝き方を見せてくれた。

「ハサミを使って殻を剝いてあげるの。危ないからイツキとヒナの分はお母さんがやるから」

「ん！　ちょっと待って！」

母親が俺の分のカニを剝いてくれるタイミングで『待った』をかける。別にハサミを使わなくても導糸で摑んで殻を壊してしまえば手も汚れずに食べやすいんじゃないのか。

というわけで、やってみる。

導糸をカニの脚に通して形質変化。ぱき、と音を立てて殻が壊れると、中から真っ白い身が出てくる。

「導糸を使えば食べれるよ！」

それを見ていたレンジさんと父親は俺の真似をして導糸でカニを剝く。

「便利で良いな」

「意外と気がつかないもんだね」

なんてことを言いながら二人してサクサクと剝いていく。

導糸が使えないヒナには俺が殻を剝いてあげることにした。

お腹いっぱいにカニ鍋を食べ、もう良いかなというタイミングで俺は手を拭く。周りを見れば父親とレンジさんは日本酒で相当酔っ払っており、ヒナはお腹いっぱいになったのか母親の膝の上で眠っていた。「もうお鍋を片付けても良いかしら」と桃花さんが言った瞬間、何やらじぃっと窓の外を見ていたアヤちゃんが、それに被せるように声を出した。

「雪！」

「あ、ほんとだ！」

アヤちゃんに言われて窓の外を見ると、ちらちらと白い雪が降り始めていて、

「見てきたら？」

「良いの!?」

「庭までね」

レンジさんはしこたま日本酒を飲んだはずなのに、けろりとした顔でそんなことを言う。一方、言われた側のアヤちゃんはぱっと顔を輝かせて俺を見た。だから俺はそれに頷いて、

「見に行こっか」

そうして二人で縁側まで行くことにした。

廊下から縁側に出ると雪はまだ降り始めたばかりみたいで、淡い雪が木製の人形の上に薄く……ほんの少しだけ積もっているのが見える。

「綺麗だね、イツキくん」

「積もるかな？」

「積もったら雪合戦しよ！」

アヤちゃんが元気にそう言うものだから、俺は笑って頷いた。

そうしてしばらく二人で雪を見ていたのだが、俺はふとアヤちゃんに渡さないといけないものがあることを思い出して、

「ねぇ、アヤちゃん。渡したいものがあるんだ」

「渡したいもの？」

不思議そうに尋ねたアヤちゃんに頷くと、俺はポケットからプレゼントを取り出した。

「クリスマスプレゼント。ちょっと、遅くなっちゃったけど」

「開けて良い？」

「うん！」

アヤちゃんは俺のプレゼントを受け取ると、静かに開いた。

そこには俺が選んだ赤いヘアゴムがあって、

「これ、イツキくんが選んでくれたの？」

「アヤちゃんに似合うかなって……」

と、俺がそう言った瞬間、アヤちゃんが飛びついてきた。

「ありがとう、イツキくん！」

ばし！　とアヤちゃんに突然抱きつかれて驚いたものの、アヤちゃんはそんな俺に考える暇なんてくれないかのように続けた。

「大事にするよ、イツキくんのプレゼント！」

「ほんと？　使ってくれたら嬉しいな」

「うん。ちゃんと使う。イツキくんと遊ぶときは絶対着けるね！」

「アヤちゃんの着けたいときで良いよ」

抱きつかれているから顔は見えないけど、声からアヤちゃんが喜んでいるのが伝わってきて、思わず俺も嬉しくなった。

人に何かをプレゼントするというのが、こんなにも幸せな気持ちになるなんて思わなかった。

思えばこっちの世界に生まれ直してから、いろんな初めてばかりだ。

魔法、友達、家族、そしてパーティー。

こんなにも色んな経験が出来るなんて思わなかったし、色んな人と出会えるなんて思いもしなかった。アヤちゃんやヒナ、レンジさんや両親に会えたことは心の底から幸せだなと思う。

だから、願ってしまうのだ。

ずっと、この日常がずっと続いてほしい——と。

けれど、その考えは縁側まで響いた電話の音に打ち消された。俺とアヤちゃんが二人揃って部屋に戻るとカニや日本酒の散らかっている机の前で父親が誰かと電話をしていて「今から？」や「どこまで？」と言った言葉が聞こえてくる。

そして、父親が電話を切ると同時に顔を上げた。

「すまない、俺とレンジに仕事が入った。神在月が迎えに来るらしい」

年越し寸前だというのに突如として入ってきた祓魔の仕事。

……今日くらい一緒に過ごせると思っていたのに。

父親の言葉に、ぐっと強く歯噛みする。

「しばらく留守にするが、母さんたちを頼むぞ。イツキ」

「うん。任せて……！」

でも、ウチは祓魔師だ。

そう、俺たちは祓魔師なのだ。

分かっている。祓魔師が当たり前の日常を送るのは難しいことくらい。

だから、強くないといけないのだ。

当たり前の日常を送るために、

モンスターに殺されないために、

そして誰も死なせないために——俺は強くなりたいのだ。

——第一巻『幼年期』終わり——

あとがき

こんにちは！　シクラメンです。

この度は『凡人転生の努力無双』を手にとっていただきありがとうございます！　「面白かったな～」と思っていただけましたら、ぜひぜひ友達や、SNS等で『面白いよ！』と宣伝してもらえますと嬉しいです。

実はこの作品、ありがたいことにコンテスト受賞作のため書籍化作品でもあるのですがWeb版から追いかけてくださっている方は思ったはずです。「出るの遅くない？」と。

これはもう涙なしでは語れない大いなるドラマがあったのです。

書籍化するために雨にも負けず風にも負けず、丈夫なパソコンを持ち、西でデータがなくなればWebからバックアップを取得し、東で新作ゲームが出れば一日で終わらせ、あっちにいったりこっちにいったり、ゲームをやりすぎ、漫画を読みすぎ、原稿のやり方を忘れておろおろとし、普通に締め切りを破って怒られました。

もちろん全て嘘です。

さて、何が面白いのか良く分からない冗談もそこそこに本当のことを言うと、なんと『凡人転生』は二巻連続刊行です。二巻が来月出ます。やった〜！

当然ながらWeb版よりパワーアップしておりますので、ぜひぜひ二巻もお手に取っていただければばと思います。新ヒロインが出るよ！


さて、そろそろ謝辞を。

夕薙先生。素敵なイラストをありがとうございます！　表紙のイラストの火力高すぎて、初めて見た時はしばらく呼吸を忘れました。

担当編集様。インターネットの海の中から凡人転生を見出していただき、ありがとうございます。原稿の最中は色々と無茶なことを言いました……。謝辞を超えて謝罪させてください。

この本を手にとっていただいた読者の皆様。小説は作り手だけで完成するものではなく、読み手の方に読まれてこそ完成するものだと思っています。楽しんでいただけましたら幸いです。

そして、この作品に関わっていただいた全ての方にこの場を借りて感謝の意を表させていただければと思います。本当に、ありがとうございます。

また次のお話でお会いいたしましょう。

ではでは！

シクラメン

幕間　蕩けた遊園地

日本時間で一月一日の昼。中継拠点の空港で乗り継ぎを行った二人は、すでに現地に到着。迎えの車に乗り込んで目的地に向かっていた。

「せっかくの正月に仕事が入るとは……。今年こそは家族と過ごせると思ったのだがな」

「年末年始は都内から人が減るから〝魔〟の発生数も減るし、何より大災一過の後だ。数ヶ月は都内も無事だとアカネさんは思ってるんだろうさ」

第六階位が祓われた直後は〝魔〟の出現件数が激減する。理由は分からないが、その不可思議な出来事を祓魔師たちは大災一過と呼び、言い伝えてきた。

「この隙にイツキのランドセルを買っておくつもりだったのに、計画が台無しだ」

「えっ。四月から小学生だろう？　まだ買ってないのか？」

「一緒に買いに行きたくてな……」

彼らがいるのはイギリス、ロンドン。そこにある遊園地に向かっていた。一週間ほど前に『百鬼夜行』が起きた遊園地に。

神在月が現地の祓魔師たちから受け取り翻訳まで済ませた資料を読み終えている彼らは、そこで何が起きたのかを知っている。

突如として現れた第六階位。その力に任せた暴虐と殺戮。

呼び出された〝魔〟が人を殺し、殺された人間が〝魔〟になり、さらに人を殺す。地獄の如き惨状は、たった一人の生存者しか許さずに終結した。

否。第六階位が飽きてやめたのだ。

年末年始。ただでさえ人の多いロンドンでは〝魔〟の発生数も跳ね上がる。そんな中で、百鬼夜行の後遺症に対処できる人員が今のイギリスにはいなかった。どこの国、いつの時代も祓魔師は人手不足。故に彼ら二人が派遣されたのである。

車が停まる。

警官と祓魔師が一般人の立ち入りを禁止するために設けた検問を通り抜け、再度車が加速。

その先に見えるのは支柱の半ばから熔けて落ちた観覧車。

窓の外からは耐え難いほどに甘いキャラメルの臭い。

遊園地手前で再び車が停まると、二人は降車。それより先に車は向かわない。向かえないのだ。第六階位のものである魔力の残滓が未だに〝魔〟を生み出し続けているから。

外に出た二人は歩いて遊園地に入ると、状況を確認……しようとしたところ、空から〝魔〟が降ってきた。

空から落ちてきた巨大な目玉——どろりと液体のような湿度をもって、ぼとりと垂れたそれが、ばっくりと開いて内側から無数の腕が出現する。二人を摑まえるべく腕が一斉に伸びた瞬間、爆ぜて黒い霧になった。

そして彼らが遊園地に入った瞬間、どちらからともなく深く息を吐き出した。

何か高熱の魔法が使われたのだろう。メリーゴーラウンドの馬たちは、どろどろに蕩け白い塊になっていた。ジェットコースターのレールは、まるで水が滴るかのように熔け落ちて、地面の上で金属の水たまりを作っていた。二人が踏みしめて進むレンガが黒く変色しているのは飛び散った血の痕だ。こんな状況だから遺体の撤去すら満足に行えていないのだろう。遊園地に散乱している遺体はぐずぐずに腐敗して血液とはまた違う、黒く液状になった内臓を垂れ流しながら〝魔〟の遊び道具になっていた。

「……ひどいね」

「これが東京でも起きていたかと思うと……ぞっとするな」

「イツキくんのおかげだ」

目の前に広がる、蕩けた地獄。

第六階位が現れた場所は、どこもこうなってしまうものだと思われていた。少なくとも普通の祓魔師はそう考えていた。たった一人、如月イツキを除いては。

「宗一郎。読んだか？　生き残った子どもの話だ。ずっと死んだ父親の前で笑っていたらし

「唯一の生存者の子か。可哀想にな、まだイツキたちと同い歳なのに」

「無理もないよ。まだ笑い続けているんだろう」

〝魔〟は簡単に人の心を壊す。壊してしまうほどの地獄を作り出す。

「その、消えた第六階位は東に向かったらしいが」

「うん？　あぁ、そうらしいね」

「日本に来ると思うか？」

「……『第六階位は生まれた土地から離れない』って話は知っているんだろ？」

「ああ」

あらゆる〝魔〟は人の魔力を喰らう。

より多くの魔力を手にして、より長い命を手にするために。

それを知っているからこそ、答えは決まっているのだ。

「来ないことを、祈るよ」

無自覚無双は、
学園を舞台にさらに加速する――！

凡人転生の努力無双

An Epic of a Mediocrity Reincarnated and Striving:2

～赤ちゃんの頃から努力してたら
いつのまにか日本の未来を背負ってました～

第2巻

2024年5月10日

発売予定!!!!!!!!!!

予告!!!!!

◉シクラメン著作リスト

「凡人転生の努力無双
～赤ちゃんの頃から努力してたらいつのまにか日本の未来を背負ってました～」（電撃文庫）

本書に対するご意見、ご感想をお寄せください。

ファンレターあて先
〒102-8177　東京都千代田区富士見2-13-3
電撃文庫編集部
「シクラメン先生」係
「夕薙先生」係

本書は、2022年から2023年にカクヨムで実施された「第8回カクヨムWeb小説コンテスト」(現代ファンタジー部門)で特別賞・ComicWalker漫画賞を受賞した『凡人転生の努力無双 ～赤ちゃんの頃から努力してたらいつのまにか日本の未来を背負ってました～』を加筆・修正したものです。

電撃文庫

凡人転生の努力無双
～赤ちゃんの頃から努力してたらいつのまにか日本の未来を背負ってました～

シクラメン

2024年４月10日　初版発行

発行者　山下直久
発行　株式会社KADOKAWA
〒102-8177　東京都千代田区富士見2-13-3
0570-002-301（ナビダイヤル）
装丁者　荻窪裕司（META＋MANIERA）
印刷　株式会社暁印刷
製本　株式会社暁印刷

ISBN978-4-04-915344-6　C0193　Printed in Japan

電撃文庫　https://dengekibunko.jp/

電撃文庫DIGEST　4月の新刊

発売日2024年4月10日

第30回電撃小説大賞《選考委員奨励賞》受賞作

新作 **汝、わが騎士として**

著／畑リンタロウ　イラスト／火ノ

地方貴族の末子ホーリーを亡命させる——それが情報師ツシマ・リンドウに課せられた仕事。その旅路は、数多の陰謀と強敵が渦巻く過酷な路。取引関係の二人がいつしか誓いを交わす時、全ての絶望は消え失せる——！

声優ラジオのウラオモテ
#10 夕陽とやすみは認められたい？

著／二月 公　イラスト／さばみぞれ

「佐藤。泊めて」母に一人暮らしを反対され家出してきた千佳は、同じく母親と不和を抱えるミントを助けることに。声優を見下す大女優に立ち向かう千佳だったが、由美子は歪な親子関係の『真実』に気づいていて——？

声優ラジオのウラオモテ
DJCD

著／二月 公　イラスト／巻本梅実
キャラクターデザイン／さばみぞれ

由美子や千佳といったメインキャラも、いままであまりスポットライトが当たってこなかったあのキャラも……。『声優ラジオのウラオモテ』のキャラクターたちのウラ話を描く、スピンオフ作品！

新説 狼と香辛料
狼と羊皮紙X

著／支倉凍砂　イラスト／文倉 十

公会議に向け、選帝侯攻略を画策するコル。だが彼の許に羊の化身・イレニアが投獄されたと報せが届く。姉と慕うイレニアを救おうと奮起するミューリ、どうやらイレニアは天文学者誘拐の罪に問われていて——。

創約　とある魔術の禁書目録⑩

著／鎌池和馬　イラスト／はいむらきよたか

アリス＝アナザーバイブルは再び復活し、それを目撃したインデックスは捕縛された。しかし、上条にとって二人はどちらも大切な人。味方も敵も関係ない。お前たち、俺が二人とも救ってみせる——！

男女の友情は成立する？（いや、しないっ!!）Flag 8.センパイがどうしてもってお願いするならいいですよ？

著／七菜なな　イラスト／Parum

「悠宇センパイ！　住み込みで修業に来ました!!」試練のクリスマスイブの翌朝。悠宇を訪ねて夏目家へやって来たのは、自称"you"の一番弟子な中学生。先の文化祭で出会った布アクセクリエイターの芽衣で——。

悪役御曹司の勘違い聖者生活3
～二度目の人生はやりたい放題したいだけなのに～

著／木の芽　イラスト／へりがる

長期の夏季休暇を迎え里帰りするオウガたち。海と水着を堪能する一方、フローネの手先であるアンドラウス侯爵に探りを入れる。その矢先、従者のアリスが手紙を残しオウガの元を去ってしまい……第三幕《我が剣編》！

あした、裸足でこい。5

著／岬 鷺宮　イラスト／Hiten

あれほど強く望んだ未来で、なぜか『彼女』だけがいない。誰もが笑顔でいられる結末を目指して。巡と二斗は、最後のタイムリープに飛び込んでいく。シリーズ完結！　駆け抜けたやり直しの果てに待つものは——。

僕を振った教え子が、1週間ごとにデレてくるラブコメ2

著／田口一　イラスト／ゆがー

志望校合格を目指すひなたは、家庭教師・瑛登の指導で成績が上がり、合格も目前！？　……だけど、受験が終わったら二人の関係はどうなっちゃうんだろう。実は不器用なラブコメ、受験本番な第二巻！

新作 **凡人転生の努力無双**
～赤ちゃんの頃から努力してたらいつのまにか日本の未来を背負ってました～

著／シクラメン　イラスト／夕薙

通り魔に刺されて転生した先は、"魔"が存在する日本。しかも、"祓魔師"の一族だった！　死にたくないので魔法の練習をしていたら……いつのまにか最強に!?　規格外の力で魔を打ち倒す、痛快ファンタジー！

新作 **吸血令嬢は魔刀(おれ)を手に取る**

著／小林湖底　イラスト／azuタロウ

落ちこぼれの「ナイトログ」夜凪ノアの力で「夜煌刀」となった古刀逸夜。二人はナイトログ同士の争い「六花戦争」に身を投じてゆく——！！

新作 **裏ギャルちゃんのアドバイスは100％当たる**
「だって君の好きな聖女様、私のことだからね」

著／急川回レ　イラスト／なたーしゃ

朝の電車で見かける他校の"聖女様"・表川結衣に憧れるいたって平凡な高校生・土屋文太。そんな彼に結衣はギャルに変装した姿で声をかけて……！？"（本人の）100％当たるアドバイス"でオタクくんと急接近！？

新作 **これはあくまで、ままごとだから。**

著／真代屋秀晃　イラスト／千種みのり

「久々に恋人ごっこしてみたくならん？」「お、懐かしいな。やろうやろう」幼なじみと始めた他愛のないごっこ遊び。最初はただ楽しくバカップルを演じるだけだった。だけどそれは徐々に過激さを増していき——。

第27回 電撃小説大賞 金賞 受賞

ギルドの受付嬢ですが、残業は嫌なので
ボスをソロ討伐しようと思います

冒険者ギルドの受付嬢となったアリナを待っていたのは残業地獄だった!? すべてはダンジョン攻略が進まないせい…なら自分でボスを討伐すればいいじゃない!

〔著〕香坂マト
〔ill〕がおう

電撃文庫

[あらすじ]
悪役領主の息子に転生したオウガは人がいいせいで前世で損した分、やりたい放題の悪役御曹司ライフを満喫することに決める。しかし、彼の傍若無人な振る舞いが周りから勝手に勘違いされ続け、人望を集めてしまい?